TAKE
SHOBO

人嫌い公爵の溺愛花嫁

没落令嬢の幸せな結婚

すずね凜

Illustration
氷堂れん

JN053709

蜜猫
MitsuNeko

contents

イラスト／氷堂れん

人嫌い公爵の溺愛花嫁

没落令嬢の幸せな結婚

序章

イェルダ・ヨハンセンは、七歳の時の印象深い出来事を今でも鮮明に覚えている。

あれはまだ、父伯爵が健在でヨハンセン家が裕福な頃である。

突如、隣国の軍事帝国ベラーネクが、我がベンディクス王国の国境を越えて侵攻を開始したのである。

ベンディクス国王はベラーネク帝国軍を迎え撃つべく、王国騎士軍を出兵させることに決めた。

首都で壮麗な出兵式が執り行われた。

その日、首都の大通りの沿道には、出兵する騎士たちを見送り激励する人々で埋め尽くされていた。

イェルダは両親と共に出兵式に参列した。

ふわふわしたプラチナブロンドをお下げにしてそこに大きなピンクのリボンを結び、同じピンク色のパフスリーブで膝下丈のエプロンドレスでおめかしをしていた。

甲冑《かっちゅう》に身を包んだ騎士たちが、同じように装甲を装備し鞍下《くらした》に鮮やかな紋章や刺繍《ししゅう》を施した馬飾りを着けた愛馬に跨《またが》り、颯爽《さっそう》と行進している。

「ベンディクス王国万歳！」「我が国勝利を！」「万歳！」

沿道の人々は口々に騎士たちに向かって激励の声をかける。

大人も子どももベンディクス王国の旗を手にして振り、騎士が前を通るたびに歓声を上げる。女性たちはお目当ての騎士に花を投げたりハンカチを渡したりした。

「どうかなイェルダ？　騎士たちが見えるかい？」

ヨハンセン一家は人々の列の後方に位置していたので、父が小さなイェルダを肩車してくれた。イエルダは頬《ほお》を染め目を輝かせて背伸びする。

「すごいわ、お父様。どの騎士様もとてもご立派で堂々となさっていて――」

イェルダは胸をドキドキさせ、そっとスカートのポケットから小さなお守り袋を取り出した。

この日の出兵式のために、自分で作ったのだ。中には良い香りのするドライフラワーを詰めてある。騎士様の誰かに手渡せればと思って持参していた。

しかし、こんなに後ろではとても渡すことはできない。

「お父様、下ろしてくださる？」

「どうするんだい？」

父が地面にゆっくりと下ろしてくれる。

「私、騎士様にこのお守りを渡してくる」

イェルダは人混みを掻き分け、前に出て行こうとした。

「お待ちなさい、イェルダ、危ないわ」

背後で母が声をかけてきたが、イェルダは夢中だった。人々の間を縫って、必死で大通りを目指した。

人々は興奮気味で、足元をかいくぐるイェルダが目に入らない。最前列でぎゅうぎゅう押し合って声を張り上げている人々の隙間から身体をねじ込むようにして進もうとした。

「おいチビ、邪魔だぞ」

一人の町人が乱暴にイェルダを片手ではねのける。

「きゃっ」

イェルダは通りの隅へすっ飛んでしまう。ばったりと転んで膝を打ち、その痛みでしばらく起き上がれなかった。

「つう……」

その時だ。

目の前を通りかかった芦毛《あしげ》の馬に跨がった長身の騎士が、馬を止めてひらりと下りた。身に纏《まと》った真紅のマントが美しく翻った。

騎士はイェルダの前に跪《ひざまず》くと、そっと右手を差し出した。

「レディ、大丈夫ですか？」

若々しく艶のある声だ。

イェルダはドキリとして顔を上げた。

「っ――！」

金髪碧眼《へきがん》の目も覚めるような美青年だった。彼は優しく微笑《ほほえ》む。

イェルダは心臓がきゅっと甘く疼《うず》き、彼から目が離せなかった。

「さあ立ってください」

「は、はい……」

イェルダはおずおずと右手を騎士の手のひらに預けた。

なんて大きくて男らしい手だろう。この手に剣を握って戦場でお国のために戦うのだと思うと、胸が熱く高鳴る。

騎士はイェルダを立ち上がらせると、ドレスについた土埃《つちぼこり》をそっと払ってくれた。

「素敵なドレスですね。あなたの琥珀色《こはくいろ》の瞳によく似合っておられる」

ぼうっと騎士の優美な仕草に見惚《みと》れていたイェルダは、ハッと我に返った。

「あ、あのっ……これを」

イェルダはポケットからお守り袋を取り出し、両手で差し出す。

「私が作ったお守りです。どうか、立派に手柄を立てて無事でお戻りください！」

騎士はお守りを受け取ると、ニコリとした。

「ありがとう。肌身離さず身につけるとしましょう」

彼は甲冑のブレスプレートの内側に大事そうにお守りを押し込んだ。

そして、イェルダの右手を取ると、その甲にうやうやしく口づけした。

「私の小さな貴婦人のために、必ず敵を打ち破り凱旋《がいせん》することを誓います」

柔らかな唇の感触に、イェルダは全身の血がかあっと熱く燃え上がるような気がした。

「おおい、もう行くぞ」

騎士の友人らしき茶髪の青年が、馬上から声をかけてきた。

「では、行ってきます」

騎士はすらりと立ち上がると、待機していた愛馬に素早く騎乗した。彼は友人と共に行進の列に戻って行った。

イェルダはぼんやりと立ち尽くして見送っていた。ひらめく真紅のマントの後ろ姿が目に焼き付いて消えない。

その後、探し回った父母に叱責されてしまったが、無事お守りを渡せたことを話すと二人とも喜んでくれた。

きっと、あの騎士様は立派な手柄を立てて戻ってくるに違いない。その時は、必ず再会してお祝いの言葉を言うのだ。もしかしたら、また騎士の礼に則《のっと》った恭しい挨拶をしてくれるかもしれない。

イェルダは騎士が口づけしてくれた右手の甲が、いつまでもひりひりと灼《や》けつくみたいに熱いのを感じていた。

イェルダの胸の中に、小さな初恋の種が植わったのである。


激しい戦いの後、一年後。

翌年、ベンディクス国軍は見事ベラーネク帝国軍を打ち破り、国境線から撤退させた。

両国は和平協定を締結し、戦争は集結したのである。

国中が勝利に歓喜した。

戦場から兵士たちがぞくぞくと帰還してきた。

イェルダは乳母に伴われ、毎日のように帰還兵が戻ってくる大通りに出向き、『騎士様』の姿がないかと必死に探した。

しかし——ついにその姿が現れることはなかったのである。

(もしかして、戦場で——お亡くなりに?)

そう思うと、胸が掻き乱されるほど痛くなり辛かった。しばらくは、食欲が失《う》せてしまうほど気落ちしてしまった。

その後、傷心のイェルダに追い討ちをかけるように、さらに悲しい出来事が連続して襲ってきたのである。

父のヨハンセン伯爵は善人でお人好《ひとよ》しなたちであった。彼は狡猾《こうかつ》な友人に騙《だま》され、多額の負債を肩代わりすることになってしまったのだ。父は金策に飛び回ったが、負債の額の大きさに取引先の銀行にも断られてしまった。その心労がたたったのか、父は突然死してしまったのだ。

その頃身籠もっていた母は、ショックで倒れてしまった。からくも出産は果たしたが、その後はすっかり体調を壊してしまった。

ヨハンセン伯爵家は負債の返済を迫られ、領地や別荘を手放し、ほとんどの財産を失ってしまった。数多くいた使用人たちも雇いきれず、大半を解雇するはめになった。長年ヨハンセン家で働いていた乳母と年取った庭師のみが、わずかな給金で仕えることとなった。

残されたのは、病弱な母と幼い弟のヴィクトル、そして八歳のイェルダだけ。

母の装飾品や屋敷の美術品や家財道具を売り払っては、どうにか生計を立てて暮らしていく毎日だった。

こうして——ヨハンセン伯爵家は没落の一途を辿ったのである。

第一章　幽霊公爵様の花嫁に選ばれました

春の日差しが柔らかくカーテン越しに差し込んできた。

「んー……今日もいい朝だわ」

イェルダはベッドの中で大きく伸びをした。それから素早く起き上がり、てきぱきとベッドを整え、部屋のテーブルの上に汲み置きしてある洗面器で顔を洗い口を漱ぐ。その後、寝巻きからドレスに着替えた。クローゼットの中には母のお下がりのドレスが数着あるきりだ。もうずっとそのドレスを着回ししている。あちこち繕ったあとはあるし何回も洗濯をくぐったので色褪《いろあ》せてしまっていた。でも、身体に馴染《なじ》んで着心地は悪くない。それに――今のイェルダには着飾って街に繰り出したり、舞踏会に行くような余裕はない。艶《つや》やかなプラチナブロンドを無造作にうなじで束ね、さっと手鏡を覗《のぞ》いて軽く両頬を叩《たた》いて血色をよく見せた。

部屋を出ると、中央階段を下りた。階段の板壁や階下の玄関ホールには昔は幾つもの絵画や彫刻品が飾ってあったのだが、全部売り払ってしまい、今ではがらんとしている。

一階の廊下の突き当たりの厨房《ちゅうぼう》に入ると、乳母が立ち働いていた。

「おはよう、ばあや、いい匂いね」

イェルダが明るく声をかけると、乳母が鍋を掻き混ぜながら答える。

「おはようございます、お嬢様。今朝は庭で小さなジャガイモが採れましたのでスープにしました」

「もうジャガイモが生ったのね。あとで菜園に行ってみるわ。あ、ばあやは座ってスープの番をしててちょうだい。パンの火加減は私が見るわね」

「そんな、お嬢様ばかりに働かせては──」

「いいのよ、お料理は大好きだわ。ばあやは腰が良くないのだから、無理せず座っていて」

「お嬢様、なんてお優しい──ほんとうなら、着飾って舞踏会に買い物に観劇にと、楽しみたいお年頃なのに──」

「なにを言うの。私は毎日とても楽しいわ。もう少しでパンが焼き上がるから、お母様を起こしてきてちょうだいね」

「はい」

乳母が厨房を出ていく。

イェルダは焼きたてのパンを籠に入れ、ジャガイモのスープを鉢に移し、食器と共にワゴンに乗せて隣の食堂へ運んだ。

テーブルの上に食器を並べていると、母と弟のヴィクトルが姿を現した。母は乳母の押す車椅子に乗っている。

「おはようございます、姉上」

　今年十歳になるヴィクトルは礼儀正しく挨拶し、イェルダの頬に口づけする。イェルダは母親似だが、ヴィクトルは亡き父伯爵の面影を色濃く受け継いでいた。

「おはよう、ヴィクトル。食器を並べてくれる？」

「はい、姉上」

　イェルダは母に近寄り、腰を屈《かが》めてその頬に口づけした。

「おはようございます、お母様。今日はとても顔色がよいみたい」

「おはようイェルダ、最近はとても調子がいいの」

　母がか細い声で答えた。病気がちの母は、イェルダに心配をかけまいといつも元気を装う。

　イェルダは乳母に替わって車椅子を押して、食卓に寄せた。ナプキンを広げ、母の首から巻いてやる。

「それはよかったわ。今日はジャガイモのスープですよ」

　イェルダは鉢からスープを掬《すく》い、それぞれの皿に注ぐ。母とヴィクトルにはたっぷりジャガイモを入れ、乳母の分にジャガイモを残し、自分には具のないスープを注ぐ。乳母はそれに気づいてちらりとこちらに目をやったが、イェルダはなにも言わないようにと目配せした。母には滋養が必要だしヴィクトルは育ち盛りだ。

「さあ、お祈りをしていただきましょう」

イェルダは自分の席につくと、両手を組んでお祈りの言葉をつぶやく。

「神よ、今日の糧を感謝します」

母もヴィクトルもそれに倣った。

「いただきます、美味《おい》しいよ、姉上」

ヴィクトルは旺盛な食欲で平らげていく。イェルダはニコニコしながら、母に一番柔らかそうなパンを渡す。

「お母様、お味はどう?」

「とても美味しいわ」

「よかった。あのねお母様、後で庭のフリージアを切ってお部屋に活《い》けてあげますね。昨日お庭の手入れをしていたら、蕾《つぼみ》が開きそうだったの」

「嬉《うれ》しいわ、フリージアは大好きよ。それに、今日は火曜日だったわね」

「ええ、午後に街の子どもたちが歌を習いにやってくるわ」

「子どもたちの歌声が、とても楽しみなのよ」

食卓の会話は弾んだ。

食後は、母を寝かしつけてから、父の書斎でヴィクトルに勉強を教えた。

ほんとうは、ヴィクトルを貴族の子息の通う学校に行かせたいのだが、今のヨハンセン家の経済では、高い授業料を払うことが出来なかった。そのため、父の残した蔵書を使い、イェルダが勉強を教えている。ヴィクトルはとても賢い子で、その年頃の少年よりずっと高度な学業を学んでいる。時々、イェルダが学校に行かせてやれないことを嘆くと、ヴィクトルは明るい顔で答える。

「姉上、僕は十二歳になったら奨学金が受けられる高等学校を受験しますから、心配なさらないでください」

幼い弟が家の経済状態を理解し気遣ってくれるのは、申し訳なくも涙がでるほど嬉しかった。

その後は乳母と庭に出て、家庭菜園の手入れをする。野菜や果物は、なるべく自給自足できるようにしたかった。初めは慣れない畑仕事に、手は肉刺《まめ》だらけになり作物は少しも育たず、気落ちすることも多かった。だが気のいい庭師のサポートもあり、地道に作業するうちに次第に野菜や果物が収穫できるようなってきた。

乳母と洗濯をし、屋敷を軽く掃除する。

昼は、今日訪れる街の子どもたちのおやつに、手作りのクッキーを焼いた。

少しでも家計の足しになればと、得意な歌を子どもたちに教える教室を開いたところ、イェルダの教え方がよいせいかこれが評判がよくて、今では生徒が三十人ほどもいる。授業料は貧しい家の子どももいるので気持ち程度しか取らないが、それでもその収入で週に一度くらいは食卓にお肉を出すことができた。

午後になると、歌の教室の生徒たちがぞくぞく屋敷にやってくる。

「先生、こんにちは」「こんにちは、先生」「あ、先生、いい匂い。ジンジャークッキーだね」

教室にしている居間に、賑《にぎ》やかな声が溢《あふ》れる。

「こんにちは、みんな。今日は先週のおさらいからやりましょう」

イェルダは古いオルガンの前に腰を下ろすと、前奏を弾き始める。

「では、一、二、三、はいっ」

綺麗《きれい》な合唱が屋敷中に響き渡る。

母が乳母に車椅子を押され、居間に入ってきた。母は目を閉じて、子どもたちの歌に聞き惚れている。

歌の教室が終わり、子どもたちとわいわいおやつをいただいた後は、夕食までは繕い物をしたり洗濯物にアイロンをかけたりと、イェルダの仕事は幾らでもあった。

ささやかな夕食を家族と摂《と》り、母の身体を清拭《せいしき》してから寝かし付け、ようやく自分の時間が持てる。早起きしなくてはいけないので、少しの間だけ、父の蔵書から選んできた好きな物語本を読んだり刺繍をしたりして楽しむ。

多額の負債を残して父伯爵が急死してから十年。

イェルダは十八歳になっていた。

まだまだ負債は残っていて暮らしは貧しいが、イェルダは毎日満ち足りて暮らしていた。

病弱な母とまだ少年のヴィクトルを抱え、普通の貴族令嬢のような華やかな生活は送れなくとも、少しも不満ではなかった。

ある午後、屋敷に見知らぬ男が訪ねてきた。

「初めまして、私はこの辺りで不動産屋をやっているスミスと申します」

「スミスさん？　どのようなご用ですか？」

応対に出たイェルダにスミスは狡賢《ずるがしこ》い笑みを浮かべた。

「大事なお話がございます」

イェルダはスミスを応接室に通した。椅子に腰を下ろしたスミスは、じろじろと部屋の中を見回す。

「失礼ですが、ずいぶんと建物が傷んでおりますな」

「暮らしていくには充分です」

スミスがやにわに懐から一通の書類を取り出した。

「実はですね、お嬢さん。この家屋敷や土地の抵当権を、銀行から私が手に入れたのですよ」

「え？」

スミスは急に高圧的な言い方になった。

「負債を半月以内に全額返済願いたい」

「半月――？　そんな突然に、無理です！」

イェルダは驚いて言い返す。これまで銀行はイェルダたちの困窮に同情して、毎月の負債の返済額を抑えてくれていたのだ。

「もし返済できないのなら、半月後にご家族でこの屋敷を退去してもらう」

「退去ですって？　病弱な母がいるのです。行く先なんてありません！」

「それはこちらの知ったことではない。ここらは一等地で、ここを更地にして新分譲住宅を建てれば、高額で売れること間違いなしなのでね」

「——」

イェルダは声を失う。

スミスは書類を仕舞《しま》うとさっと立ち上がった。

「では半月後、また参ります。失礼」

呆然《ぼうぜん》としているイェルダを尻目に、スミスはゆうゆうと立ち去る。

「……どうしよう。負債を全額だなんて……」

イェルダはへなへなと椅子に座り込んだ。どこからか借財しようにも、もはや担保になるものはなにもない。街の高利貸しに頼むしか手立てはないか。しかし、そんな一時凌《しの》ぎではさらに負債が膨らんでしまう。だがそれ以外に何の手立てもなかった。

ふいに、ヴィクトルが声をかけてきた。

「姉上——ごめんなさい。男の様子が怪しかったので、立ち聞きしてしまいました」

戸口に青ざめたヴィクトルが立っていた。

ヴィクトルは近寄って、イェルダの手をそっと握った。

「ヴィクトル、ああどうしましょう。こんな話、母上にお聞かせできないわ。ショックで倒れてしまうかもしれない……」

イェルダはヴィクトルの手をぎゅっと握り返し、声を震わせた。ヴィクトルは思い詰めたような顔で見つめてきた。

「姉上——僕はずっと考えていたことがあるんです」

「え？」

「王都には裕福な商人の家がたくさんあります。その中には、子どもに恵まれない家もあるそうで、後継の男子を探しているのだとか」

イェルダは目を見張った。

「ヴィクトル？」

「僕はそういう金持ちの商家に養子に行こうかと思うのです。幸い、僕は頭も悪くないし、伯爵家の身分は商家には箔《はく》付になって喜ばれるでしょうし。養子になればこの家を援助できる」

イェルダはキッとなる。

「何を言うの？　あなたはヨハンセン伯爵家のたった一人の男子なのよ！　ヨハンセン家を潰してしまうの？　だめよ、絶対にだめ！」

「でも、姉上――」

イェルダは力強く言う。

「まだ半月あるわ。私が必ずなんとかしますから、あなたはいつも通りにお勉強に励みなさい。いいわね？　なんの心配もいらないわ。このことは、お母様にはぜったいに内緒よ」

「――わかりました姉上」

ヴィクトルは素直にうなずいた。

にっこり笑ってみせたイェルダだが、内心はなんの手立てもないままで気持ちが暗くなるのを止めることができないでいた。


イェルダに突然王城に上がるようにとの国王陛下からの使いが来たのは、その翌日のことであった。急に呼び出されるような心当たりはなにもなかった。

「何事かしら……とにかくお伺いしなくちゃ」

不安に胸を震わせつつ、イェルダは持っているドレスの中で一番綺麗そうなものを着て、髪も乳母に結い上げてもらいそれなりの装いをした。そして貸し馬車で王城に向かった。

王城に到着するや否や、国王陛下の侍従に謁見室に案内された。

ドキドキしながら謁見室に足を踏み入れる。

威風堂々とした国王陛下が玉座に座っていた。イェルダは跪いて頭を深く垂れた。

「お招きに預かり参上いたしました。イェルダ・ヨハンセンでございます」

「ご令嬢、よくぞ参られた。顔をあげなさい」

国王陛下が重々しく声をかけてきた。

イェルダはおずおずと顔をあげた。

「おお、これは思っていた以上にとても初々しく気品があり、美しいお方だ」

国王陛下が感心したような声を出した。そして、改まった態度で切り出す。

「ご令嬢。わざわざ呼び立てたのは、他でもない。私の甥《おい》のアウレリウス・ハンメルト公爵と結婚してもらえぬか、という話なのだ」

イェルダは目をぱちぱちさせた。

「わ、私に結婚ですか？」

国王陛下はうなずいた。

「うむ。ハンメルト公爵は今年で三十になる。容姿も財産も申し分ない。だが、少し変わり者で辺境でずっと隠遁《いんとん》生活を送っている。私は公爵を結婚させ、なんとしても人生をやり直させたいのだ。そこでふさわしい令嬢がいないかと調べさせたところ、身分と年齢が適正のあなたに白羽の矢を立てたというわけだ」

「へ、陛下、そんな、私のような者に……」

突然の申し出に、イェルダは頭が追いつかず言葉に迷う。

「いや、私はあなたを一目見て決めた。あの厭世的《えんせいてき》な変わり者には、あなたのような慎《つつ》ましく清楚《せいそ》な方がぴったりだ。ご令嬢、どうかアウレリウスと結婚してほしい」

「……」

イェルダは呆然として国王陛下を見つめた。

国王陛下はお願いの体をとっているが、これは王命だ。逆らうことなどできない。つまり、決定事項なのだ。

突然、自分の運命が大きく動いたことに言葉も出ない。

しかし王命には従うしかない。迷う時間もなかった。

それまで威厳を崩さなかった国王陛下が、ふいに気持ちを込めて言った。

「甥は——アウレリウスは誰にも、私にすら心を閉ざして十年間、ひとり孤独に引きこもっている。戦争で負傷し捕虜になったことが、彼の心に大きな傷を残したのかもしれない」

「戦争でお怪我《けが》を——おひとりで、十年もずっとですか……」

「私は彼を救いたいのだ」

国王陛下の真摯な言葉はイェルダの胸の奥に響いた。

イェルダは正直に思っていることを打ち明けようと決めた。

「恐れながら——陛下、お恥ずかしい話なのですが、我がヨハンセン家は現在、ひどく困窮しております。母は病弱で弟はまだ十歳です。私が家族を支えて生きてきました。私が嫁いでしまったら、残された家族はどうなるでしょう。私は家族だけは救いたいのです」

国王陛下が顔を綻ばせた。

「なんと率直で家族思いなのだ。大事ない。ハンメルト公爵家は莫大《ばくだい》な資産家だ。夫は妻を助ける義務がある。心配ない」

イェルダはおずおずと国王陛下を見遣《みや》った。彼が大きくうなずく。

「自分のことより、家族を気遣うあなたの気持ちに打たれた。あなたこそアウレリウスの妻に相応《ふさわ》しい人だ。ご家族のことは、アウレリウスにしかと伝えておこう」

この国で最高の権力者の言葉だ。イェルダはほっと胸を撫《な》で下ろした。

そして、息を大きく吸い、顎を引いてきっぱりと答えた。

「この結婚、承りました」

イェルダは王城を下がり帰宅すると、母とヴィクトルに自分が王命で結婚することを打ち明けた。

「王命で結婚ですって？」

「姉上、いくら国王陛下だからって、そんな勝手な話がありますか？」

母とヴィクトルは寝耳に水の結婚話に動揺しきりだった。

イェルダは二人を宥《なだ》めた。

「でも、陛下の甥御《おいご》さんに当たる方で身分も財産も申し分ないのよ。こんないい条件の結婚は、私には過ぎたお話だわ。ありがたく受けるべきでしょう？」

「イェルダ、あなたうちが困窮しているから……それでこんな結婚を……」

母が声を震わせた。

「ち、ちがうの、あちらのハンメルト公爵様もぜひ私にお嫁に来てほしいって、そうおっしゃっているそうよ」

イェルダは咄嗟《とっさ》に嘘《うそ》をついてしまう。

「望まれてお嫁にいくのなら――悪いことではないわね」

母が納得したようなので、イェルダはほっと胸を撫《な》で下ろす。

数日後、国王陛下からの使いが訪れ、ハンメルト公爵はこの結婚を謹んで受けると返事をしたと告げた。同時に、ハンメルト公爵側からの手紙も受け取った。

「都合がつかず、そちらに迎えに行けないが、お越しになるのをいつでも歓迎する」

という短くそっけない文面だった。手紙は誰か侍従が代筆したようだったが、最後のサインだけは当人のものだった。

「アウレリウス・ハンメルト」

と、古典的な飾り文字で書かれてあった。イェルダも飾り文字を学んでいて使用することを好んでいたので、ハンメルト公爵の美しい筆跡に少しだけ胸がときめいた。

ハンメルト公爵の住む西の辺境都市ルゥエンまで、王都から馬車で二日はかかる。

相手をあまり待たせては失礼だろう。

イェルダはてきぱきと嫁入り支度を始めた。支度と言っても、わずかばかりの着替えと身の回りのものだけだ。荷物はすぐにまとまってしまった。

明日は出立という日。

夕刻、乳母が血相を変えてイェルダの部屋を訪れた、

「お嬢様、たった今、知り合いの侍女からとんでもない話を耳に入れました。ハンメルト公爵様についての悪い噂《うわさ》です」

「悪い噂ですって？」

イェルダは目を瞠《みは》った。乳母は声を顰《ひそ》めて話し出す。

「その侍女は社交界の噂に精通していて、いろいろ話してくれました。ハンメルト公爵は非常に偏屈で冷酷だということです。高い塀に囲まれた広い屋敷に老齢の執事とコックと庭師だけで、ずっと閉じこもってお暮らしだそうです。屋敷は荒れ放題でお化け屋敷のようだし、屋敷の主人は人嫌いでまったく外に姿を現さず、屋敷からは、夜な夜な恐ろしい叫び声が聞こえてくるという。街の人々はハンメルト公爵のことを『幽霊公爵』と呼んで、恐れ、怯《おび》えているらしいのです」

「幽霊公爵……」

イェルダは唖然《あぜん》として聞いていた。そんな噂の人物だったのか。

「いくら王命といえ、辺境に住む変人の下にいたいけなお嬢様が嫁ぐなんて、あんまりです。どうにかこのお話をお断りできませんか？」

乳母が涙ぐんで訴える。イェルダは乳母の背中を撫で、気持ちを込めて言った。

「公爵様の噂は、国王陛下からも伺っているわ。とても変わったお方らしいと。確かに王命には逆らえないし、この家を救いたいという気持ちは大きいわ。でも、それだけではないの」

「え――」

乳母が意外そうに顔を上げる。

「戦争で傷を負われてから、十年も、ずっとお一人で閉じこもって暮らしておられるというのよ。なんて孤独なお方なのかしら。私の家は貧しいけれど、家族は仲良く、あなたも庭師もとても私によくしてくれて、街の子どもたちとも楽しく付き合って、毎日がとても幸せだったわ。公爵様は莫大な財産をお持ちのようでも、ひどくお寂しいのだと感じたわ。私は、少しでもあの方のお心を慰めてあげられたらって、そう思ったのよ」

乳母は真摯な言葉に、感に堪えないような表情になった。

「お嬢様は、もうお心を決めてらっしゃるのですね？」

「私は大丈夫よ。このことはお母様とヴィクトルには内緒ね。余計な心配をかけたくないわ」

「わかりました」

イェルダは優しく微笑んだ。

た。

――二日後。

イェルダは国王陛下が準備してくれた馬車に乗って、辺境の街ルゥエンに向かうことになった。

「行ってまいります、お母様」

「イェルダ、身体にだけは気をつけてちょうだいね」「姉上、お幸せに！」

玄関に見送りに来た母とヴィクトルと熱い抱擁を交わす。

それから、側に立っている乳母と庭師にも優しく声をかけた。

「二人とも、家族を頼みます」

「しかと承ります。お嬢様、どうかお幸せに」「お嬢様、ご結婚おめでとうございます」

二人は涙を飲んで祝福の言葉を述べた。

イェルダが馬車に乗り込もうとすると、ふいに、庭の柵の向こうから美しい祝婚歌《しゅくこんか》の合唱が聞こえてきた。

「幸あれ　神が選びし魂たち　今ここに神の祝福のもと　結ばれる二人に　永遠の愛を」

ハッと目をやると、歌の教室の子どもたちが勢揃《せいぞろ》いして、今にも泣きそうな顔で歌っている。

「みんな、元気でね。どんな時でも、歌を歌うことは忘れないでね」

イェルダがにこやかに声をかけると、我慢できなくなった子どもたちがわっと柵に駆け寄った。イェルダは柵越しに子どもたちを抱きかかえた。

「先生、お元気で！」「ご結婚おめでとうございます！」「先生のこと、忘れません」

皆、啜《すす》り泣いていた。

イェルダは胸にぐっと迫るものがあった。

大好きなこの屋敷、大好きな人々と別れたくない——心の隅には未練があった。

しかし、イェルダは背筋をしゃんと伸ばして馬車に乗り込んだ。

馬車が走り出すと、窓から身を乗り出すようにして、見送りの人々に手を振る。

「行ってきます！　さようなら」

母もヴィクトルも乳母も庭師も子どもたちも、大きく手を振っている。

その姿が、みるみる遠のく。

「さようなら、みんな、さようなら……」

喉元に熱いものが込み上げてきて、イェルダは慌てて馬車の中に身を引いた。

最後まで笑って別れようと決めていたのだ。

「うぅ……」

涙が溢れてきて、ハンカチで顔を覆って啜り泣いた。

知らない辺境の地、人嫌いで偏屈だと評判の『幽霊公爵』、不安なことはたくさんある。

でも、これから新しい人生が始まるのだというワクワク感もどこかにあった。

なにより、もうお金の工面に頭を悩まさなくてもいいのだ。

暮らしの心配がなく、毎日食べられて暖かい寝床で眠れるだけでも、幸せを感じる。

それに――。

(私の心の中には、あの素敵な騎士様がおられる。どんなに辛いことが起ころうと、騎士様のことを考えるだけで、私は元気になって前向きになれるわ)


夜は宿場町に泊まりながら、二日かけて西の辺境地ルゥエンに辿《たど》り着いた。

ルゥエンは砂漠地帯で、乾季と雨季がくっきり分れている。

今は冬の乾季の季節らしく、緑は少なく街は埃《ほこり》っぽい。砂嵐が通り過ぎたばかりだということで、昼だというのに空はどんよりと曇っていた。

王都に比べると、ルゥエンの街はさすがに鄙《ひな》びている。しかし、中心街に出ると、それなりに立派な屋敷が並び、舗装された大通りには貴族の馬車や荷馬車が賑やかに行き来している。沿道の店も食品関係から衣服店、装飾品店、靴屋、化粧品店、食器店、紅茶専門店、本屋などかなり充実していた。思っていたよりずっと暮らしやすそうだ。ハンメルト公爵は、領主としての統治をきちんと行っているようだ。

大通りを抜けて街の外れに出た。馬車の速度が落ちた。

「奥様、ハンメルト公爵様のお屋敷に到着でございます」

「とうとう――」

にわかに緊張してきた。馬車が止まり、御者が外から扉を開け、補助階段を取り付けた。イェルダは御者の手を借りて、そろそろと馬車を下りる。

「大きい……」

鉄柵の門扉は見上げるほど高く、その周囲をさらに高い石壁がどこまでも続いている。石壁の上部には先が鋭く尖《とが》った鉄の忍び返しがびっしりと取り付けてあった。外部からの侵入を断固として拒むような威圧感だ。

御者が門扉に取り付けてある呼び鈴を押そうとすると、中から、

「今、門を開けますから」

と、落ち着いた老人の声がした。

きりきりきりと鎖を巻き上げるような音と共に、重厚な鉄柵の門扉が左右に開いた。そして、執事の服装をした品の良い白髪の老人が姿を現した。その後ろに、体格の良い男とコック姿の太《ふと》り肉《じし》の男が控えていた。執事が恭しく一礼した。

「奥様、お待ちしておりました。私はこの屋敷の執事長を務めておりますミカルと申します。後ろにおりますのは、この屋敷の庭師のデニスとコックのブルーノでございます」

後ろの二人が頭を下げた。

ミカルの洗練された仕草と言葉遣いに、イェルダは少しほっとした。

「イェルダ・ヨハンセンです。今日からこのお屋敷にお世話になります」

ミカルは馬車の方を見遣る。御者が馬車の上の荷物置きから、イェルダのトランクを下ろしている。トランクが三個、それがイェルダの全財産だ。

「お荷物はそれだけですか？　それとも、後から荷馬車が来るのでしょうか？」

「いいえ、荷物はごくわずかなの。付き添いの者もおりません。ミカルさんでは大変でしょう。私が運びます」

イェルダが下ろされたトランクに手をかけようとすると、ミカルが素早く進み出た。

「とんでもございません。年は取ったといえど、このくらいの荷物は私が運びましょう。それに、私は奥様の使用人でもありますから、ミカル、とお呼びください。おい、デニス、残りを玄関まで運んでくれ」

ミカルは両手にトランクを下げると、しっかりした足取りで玄関へ向かった。その後を、残りのトランクを持ったデニスが小走りで従う。

ミカルが扉を開いた。ぎぎぎぃっと不気味に扉が軋《きし》んだ。

「人手が少なく、掃除が行き届いておりませんが。ご容赦ください」

「いいえ」

ミカルに導かれて玄関ホールに入る。

吹き抜け天井の広々とした玄関ホールだが、すべての窓に重苦しいカーテンがぴったりと下ろされていて、薄暗かった。それに、少し埃っぽかった。

「あの――公爵様はどちらに？」

イェルダが小声でたずねると、ミカルは控えめに答えた。

「その――旦那様は少し非社交的でございまして……。本日は奥様はごゆるりと、旅の疲れを癒《い》やされるとよろしいかと」

妻になる人が到着したというのに、出迎えにも現れないというのか。

聞きしに勝る厭人家《えんじんか》である。

しかも、初日に顔を合わせもしないなんて――。

「せめて、ご挨拶だけでもしたいのですが、いけませんか？　それとも、公爵様は妻となる人の顔も見たくないというのでしょうか。私は夫となる人に早くお会いしたくて、ずっと待ち焦がれていたのです」

ミカルはイェルダを見直したような顔になった。

「よろしゅうございます。旦那様は奥の書斎におられますので、ご案内いたします」

イェルダはミカルに先導され、廊下を進んだ。廊下の窓にも古びた分厚いカーテンが下りている。

「昼でもカーテンを閉めているのですね」

「旦那様は開放的なことをお嫌いでして――」

薄暗く大きな屋敷は、まるで巨大な洞窟のようだ。

ミカルは行き着いた先の扉を慎重にノックした。彼は遠慮がちに声をかける。

「旦那様、奥様がご到着なされました。ぜひ、ご挨拶をしたいとのことです」

奥から答える声がした。

「挨拶など無用だ。丁重に出迎え、しかる後は、好きにさせておけと言っただろう?」

想像していたよりずっと若々しく艶のある声だった。さんざん人嫌いの冷酷な人物だと聞かされていたので、さぞや神経質な甲高い声の持ち主なのだろうと思い込んでいた。

「公爵様、イェルダです。失礼します」

イェルダはミカルを押しのけるようにして、扉を開き、書斎に足を踏み入れた。

「あ、いけません、奥様」

ミカルが慌てて止めようとしたが、一歩遅かった。

書斎の中もカーテンが閉め切ってあって薄暗く、書き物机の上にオイルランプが灯《とも》っていた。

窓際に背中を向けて立っていた人物が、イェルダの侵入に驚いたようにこちらに顔を振り向けた。

「っ――」

一瞬、二人の視線が交差した。

イェルダは息を呑《の》んだ。

肩幅が広くすらりと背が高い。手足が長く、濃いグレイの仕立ての良いスーツがぴったりと似合っていた。

長い髪は艶やかな金髪で、顔の左半分を覆い隠していた。だが、くっきりとした男らしい眉に切長の青い目、高い鼻梁《びりょう》に形の良い唇――彫像とみまがうような白皙《はくせき》の持ち主だった。

「幽霊公爵」と聞いていたので、ひょろひょろした青白い人物を想像していたので、真逆な美貌を目の当たりにして、心臓が止まりそうなほど衝撃を受けた。

しかし、公爵の目はまったく表情を浮かべないまま、イェルダを爪先から頭のてっぺんまで睥睨《へいげい》している。

彼はイェルダの後ろで狼狽《うろた》え気味《ぎみ》のミカルに鋭く言う。

「誰も入れるなと言って――」

イェルダは最後まで言わせず、さっとスカートの裾を摘んで優美に一礼した。

「公爵様、初めまして、イェルダ・ヨハンセンと申します。国王陛下の命で、この度公爵様の妻になるべく、王都より参りました」

公爵は不機嫌そうに口元を歪《ゆが》めたが、低い声で応えた。

「私がアウレリウス・ハンメルト公爵である」

無愛想だが、きちんと名乗ってくれた。存外、礼儀正しい人なのだ。

「あの、公爵様――」

「初めに言っておく。この結婚は、王命による形式的なものだ。それはあなたも承知のことだ

ろう。だが、私からこの結婚の条件を申し伝える」

「条件……？」

アウレリウスはふいっと顔を窓の方へ向けた。髪の毛で隠れた左顔からは表情が見えない。公爵は抑揚のない声で続ける。

「私は生活を乱されたくない。外界の物音は不快なので、決して窓は開かぬように。あなたの衣食住や金銭の保証《ほしょう》はするが、私はあなたをかまうことはしない。賑やかしいことも嫌いだ。したがって結婚式もしない――夫婦として一緒に寝ることもしない。以上の条件を守るのなら、あなたは屋敷で好きにするといい」

「……」

来たばかりの妻に対しずいぶんなことを言っているはずなのに、苦味走った低い声はとても良い響きで、思わずイェルダは聞き惚れてしまいそうになった。

「以上だ」

アウレリウスは用は済んだとばかりに、くるりと背中を向けた。誰も寄せ付けない雰囲気を纏った広い背中だ。だがイェルダには、その背中がとても孤独で寂しそうに見えた。

「あ、あのっ……」

アウレリウスは背を向けたまま答えた。

「なんだ。金のことか？　あなたの家の負債は陛下からうかがっている。すでに私から全額返済し終わっている。だから、もう金の心配はない」

「金」と繰り返す言い方に、皮肉な響きが混じっている。

「そのことは、とても感謝します。でも、それとは別に、私からも結婚の条件を出してもいいですか？」

背後でミカルが軽く息を呑む気配がした。

アウレリウスの肩がぴくりと震える。

「まだ金の話か？」

「いいえ、ひとつだけ——お食事だけは必ず一緒に摂って欲しいのです。私はずっと母や弟と食卓を囲んできました。一人で食事をするのは、とても味気ないのです」

ちらりとアウレリウスがこちらに顔を向けた。髪に隠れていない右側の横顔は、少し意外そうな表情だった。

「それだけ、か？」

「はい、それだけです」

アウレリウスは少し考えてから、仕方なさそうに答えた。

「——わかった。食事は一緒にする」

「ああよかった、嬉しい！」

イェルダはぱあっと顔を綻ばせた。

「お食事は誰かといただく方が、ずっと美味しいですから。私、このお屋敷の食事をとても楽しみにしてきたんです」

ニコニコしながら言うと、アウレリウスが目をかすかに瞬いた。

「――そうか。では晩餐《ばんさん》に会おう。もう、行ってくれ」

「はい、失礼します」

イェルダは一礼すると、書斎を出た。もうアウレリウスは振り向かなかった。

廊下に出るとミカルが感心したように言う。

「奥様、旦那様が屋敷の者以外に、あんなに言葉を交わしたのは十年ぶりでございますよ」

「そうなの？　私がおしゃべりだから、困っておられたみたいね」

「いえいえ、どうか奥様、これからも旦那様を困らせて差し上げてください」

「え？　とんでもない。私、公爵様を困らせる気などないわ。それより――お屋敷の中を案内してくださる？　こんな立派なお屋敷、私初めてですもの」

イェルダがはしゃぎ気味に言うと、ミカルは少し申し訳なさそうに言う。

「あちこち、掃除が行き届いておりません。なにせ、使用人は私を含めてコックと庭師の三人しかおりませんので」

「平気です。私の屋敷ものすごくボロ家で、あちこち雨漏りしたり破れた窓から風が吹き込んだり、そりゃもう大変だったのよ。雨の日なんか、弟と二人であるだけのバケツやカップや鉢を持ち出して、雨漏りの水を受けたの。でも、家中に雨だれの音が響くと、天が美しい音楽を奏でているようで、なんだかとても楽しくなったわ」

笑いながら話すイェルダの顔を、ミカルはひどく心を打たれたように見た。

「奥様はご自分の厄難を、辛いこととは受け取らないのですね？」

「悪い感情に支配されて暗く生きるより、笑い飛ばして生きていく方が楽しいでしょう？」

答えてから、迂闊《うかつ》なことを口走ったかとハッとする。

「あの、別に公爵様のことを皮肉っているわけでは——あっ、いえその、公爵様が暗いとかそう言う意味でも……ええと」

言えば言うほど墓穴を掘っている。しかし、ミカルは気を悪くした様子もなく、逆ににこやかに答えた。

「もしかしたら、この結婚は神が旦那様にお与えになった幸運かもしれません」

「まさか——私のせいで、公爵様はかなり機嫌を損ねられたみたいですもの」

「とんでもない。ずいぶんとご機嫌でしたよ」

「えっ？　そうなの？　——」

長年アウレリウスに仕えているミカルにだけは、なにか感じられるものがあったようだった。

イェルダの私室は二階の奥の部屋になっていた。ミカルが扉を開けて誘う。

「どうぞ。このお部屋だけはきちんとお掃除いたしました。なにか足りないものがあれば、遠慮なく申しつけてください」

イェルダは部屋に入り、ぐるりと見回す。自分のトランクが運び込まれてあった。

広々とした室内は、天井は革紐《かわひも》のつなぎ紋様という複雑な飾りを使った時代的なもので、この屋敷の由緒正しさが窺《うかが》われる。床には東方の高価な絨毯《じゅうたん》が敷き詰められ、立派な大理石の暖炉、上質の黒檀《こくたん》に金の螺鈿《らでん》飾りが施された調度品、カーテンは金糸や銀糸を編み込み金のフリンジが付いた上等なベルベット。どっしりとしたオーク材の丸テーブルの上に、お茶の用意がされてあった。カップは繊細な白磁、ポットには保温カバーがかかり、ケーキスタンドには宝石みたいに色とりどりのプチケーキが乗っていた。隣が寝室になっていたが、天蓋付きの豪華なベッドは大人が数人で眠れそうな広さだ。浴室や洗面所も完備されている。

「ありがとう。充分です」

「荷解《にほど》きをお手伝いしますか？」

「いいえ、たいした量でもないから。晩餐までゆっくり片付けます」

ミカルは少しためらってから切り出した。

「本来なら、奥様付きの侍女を何人か雇うべきなのですが、旦那様は他人が屋敷に立ち入ることをひどくお嫌いなので――」

「気にしないで。実家でも、自分でできることはなんでもやってきましたから」

極貧で侍女も雇えなかったとはさすがに言えなかった。

「では、晩餐は七時からです。お時間にまたお声がけします。それまで、ごゆっくり。何かありましたら、そこの呼び鈴を鳴らしてください」

ミカルが引き下がると、イェルダはほうっと息を吐いてソファに座り込んだ。

アウレリウスがとても美麗で若々しかったことは、嬉しい驚きだが、性格はかなりに偏屈である。今のところ、イェルダを歓迎しているとはとても思えず、とりつく島もない。

「でも、これからここで暮らすのだから——きっといつか、お心を許されることもあるかもしれないわ」

そう自分に言い聞かせ、トランクの荷解きをした。晩餐前に顔を洗い、ディナードレスに着替える。と言っても、母のお下がりの中で一番ましなドレスを選んだだけだった。自分で髪をさっと結い上げ、少しでも華やかに見えるように母から結婚祝いにもらった真珠のネックレスを付けた。母は持っている装飾品はすべて家の負債を返すために売り払ってしまったのだが、結婚前に父から贈られたというこのネックレスだけは手放さずにいたのだ。父の形見でもあるので、イェルダには大事な宝物である。

時間になるとミカルが現れた。

「お食事の時間でございます」

彼に先導され、階下の食堂へ向かった。道中、ミカルが控えめに言ってくる。

「奥様、明日は街の一流仕立て屋にご案内いたします。そこで、お好きなだけ新しい衣装を仕立てられるとよいでしょう」

「――そ、そうね」

繕った跡が目立つ古ぼけたドレスが目に余ったのだろう。別に贅沢《ぜいたく》がしたいわけではないので断ろうかと思ったが、あまりみすぼらしい格好をしていると公爵家の名折れになってしまうと思い直した。

広い食堂の長いテーブルの一番向こうに、アウレリウスが座っていた。深い紺色のディナースーツに着替えていて、ハッとするほど美しい。

彼はイェルダの姿を見ると、すらりと立ち上がり自分の対面の椅子を引いた。

「どうぞ」

抑揚のない声ですすめられたが、その所作はとても洗練されている。

「ありがとうございます」

腰を下ろすと、アウレリウスは自分の席に戻った。テーブルの端と端で、彼が遠い。イェルダと会話する気はないのだと言っているようだ。料理が運ばれるまで、アウレリウスは無言のままでなんとも気まずい。

ミカルがワゴンに料理を乗せて、給仕を始める。

「前菜のサーモンとホタテのテリーヌでございます」

真っ白いお皿に、目にも鮮やかなサーモンとホタテをクリームチーズで固めたテリーヌが乗っている。テリーヌなどここ数年まったく口にしていなかった。

「いただきます」

一口食べると、絶品の美味しさに思わず声が出た。

「美味しいわ！　サーモンの塩味とクリームチーズの甘味《あまみ》が素晴らしく調和して、口の中が蕩《とろ》けそう！」

無言で食事を始めていたアウレリウスが、ちらりと顔を上げた。イェルダはすかさず彼の視線をとらえる。

「公爵様、前菜だけでもう幸せ。美味しいってほんとうに幸せですね」

アウレリウスはかすかに目を瞬いた。困惑しているのかもしれない。彼は毎日このようなご馳走《ちそう》を食べているのだろうから。少しはしゃぎすぎたかもしれない。

しかし、どの料理もほっぺたが落ちそうなほど美味だった。

「こんなにまろやかなコンソメスープ、初めて。喉にするすると入っていきます」「海老《えび》がぷりぷりです。ああ口の中で弾けてます」「オニオンソースと肉汁が最高に調和して、お肉の美味しさをさらに引き立ててくれますね」

この感動を口にせずにはいられない。

アウレリウスはひと言も答えないが、うるさそうでもないので、イェルダは嬉々《きき》として料理を味わい、感想を述べ立てた。

最後にデザートとコーヒーが出される。

「デザートは、ラズベリーのパイ、モンブランのタルト、メレンゲのカラメルソースからお選びできます」

イェルダは銀の盆の上のデザート類を見て歓声を上げてしまう。

「ああどれも芸術品みたいに綺麗で美味しそう。迷ってしまう。どうしましょう」

イェルダが本気で悩んでいると、ふいにアウレリウスが口を開いた。

「気に入ったのなら、全部選べばいい」

突然声をかけられたので、イェルダはびっくりしてしまう。

「え、いいのですか?」

「家の食事だ。遠慮はいらぬ」

「わあ、ではぜんぶ、いただきます」

イェルダは目の前に置かれたデザートを大事に味わって食べた。

「んー、美味しい。このパイのサクサク感」「栗《くり》のコクがたまりません」「メレンゲが口の中で雪みたいに溶けていきます」

すでに自分の食事を終えたアウレリウスは、コーヒーを飲みながらじっとこちらを見ている。

食事の始めには視線もくれなかったので、自分に少しでも興味を持ってくれたのなら嬉しい。

だがぼそりと彼が漏らした言葉は、

「よく食べるな」

であった。

「んぐ――」

あやうくパイを喉に詰まらせそうになった。意地汚い女だと思われたかもしれない。

しゅんとしてうつむきかけたが、ここでめげてはならないと思い返した。

王命で決められたことで、アウレリウスには心外な結婚に違いない。厭世家《えんせいか》の彼にとって、イェルダは鬱陶しい存在でしかないだろう。

だが、結婚したからにはずっと夫婦として暮らしていくのだ。妻として、夫になる人には誠実に向き合いたい。

自分がなぜこの結婚を受け入れたか、アウレリウスに正直に話そうと思った。少し居住まいを正した。

「公爵様。聞いてください」

「なんだ?」

アウレリウスが少し身構えた。

「私の家は父の死で没落して多額の負債を背負い、非常に貧しい暮らしでした。病弱な母と幼い弟を抱え、私は毎日のやりくりに四苦八苦でした。さらにはあくどい不動産屋に家屋敷から追い出される寸前でした。ですから、財産家の公爵様との結婚話は天からの救いの声のようでした。私は確かに、お金のためにここに嫁いできたようなものです」

「――」

アウレリウスはイェルダの心の内を見抜こうとするような、鋭い眼差《まなざ》しでこちらを見た。

「でも――ひとたび結婚を決意し、公爵様の妻となったからには、せいいっぱい尽くしたいと思っています。実家を救ってくださり、公爵様には一生感謝します。雨漏りのないお家、美味しい食事、柔らかなベッド――私はもうそれだけで充分です」

「――」

彼の表情は顔の左半分を覆っている髪の毛のせいもあり、はっきりとは読み取れない。

「公爵様には、私は煩わしいかもしれません。それでも、私はここでこの家の妻として生きていく覚悟です。お約束します」

アウレリウスは長いことこちらを見つめていた。

食堂の隅でミカルがはらはらしながら様子を窺っている。

やがて、アウレリウスがゆっくりと口を開く。

「なるほど。覚悟と約束か」

彼の眼差しがさらに強くなる。

「そんなもの、私は信じぬ」

冷酷な口調だった。

「――――！」

イェルダは声を失う。

がたんと音を立てて、アウレリウスが立ち上がった。彼はそのまま無言で食堂を出て行ってしまった。

「……」

イェルダはぽつんと取り残された。なにがアウレリウスの逆鱗《げきりん》に触れたのかわからない。

「奥様――」

ミカルが取りなそうと声をかけてきて、ハッと我に返った。

「ごちそうさまでした。どのお料理もとても美味しかったわ。あの、私、公爵様にお話が――」

ミカルは無言で椅子を引いてくれた。

イェルダは素早く立ち上がり、スカートを翻してアウレリウスの後を追った。

食堂を出ると、廊下の向こうに大股で立ち去ろうとしているアウレリウスの後ろ姿が見えた。急ぎ足で追い縋《すが》る。

「お待ちください、公爵様」

アウレリウスはピタリと足を止めたが、振り返らない。イェルダは会話を拒むようなアウレリウスの背中に向かって心を込めて言う。

「私の言動でご気分を害されたのなら、謝ります。でも、私は本気で――」

やにわにアウレリウスが振り向いた。

彼は冷ややかな眼差しでイェルダを見下ろし、固い口調で答えた。

「そうか。本気か。では、今夜、あなたの本気の覚悟とやらを見せてもらおうか」

「え？」

アウレリウスは酷薄そうに口の端を持ち上げた。

「夫として、今晩あなたの寝所に行こう」

「えっ……!?」

まさか閨を共にするというのか？　その気はないと言ったはずなのに。

「そ、それは……」

「私の妻になる覚悟を決めたのだろう？」

「は、はい」

「では異存はないな？」

イェルダはごくりと生唾を呑み込み、うなずいた。

「わかりました」

「では、後ほど――」

それだけ言い置くと、アウレリウスは自分の書斎の方へ歩み去ってしまった。

「……」

アウレリウスがどういう風の吹き回しで、閨を共にすると言い出したのか見当もつかない。

しかし、夫婦としては当然の行為だ。

それに、なんだかイェルダを受け入れてくれたようで少し嬉しい。

イェルダはにわかに緊張が高まってくるのを感じた。

自室に戻り、念入りに入浴し、洗濯したての綿の寝巻きに着替える。下穿《したば》きは着けた方がいいのだろうか。迷ったのち、恥ずかしさを堪えて下穿きは外した。

「大丈夫、公爵様におまかせすれば、大丈夫」

繰り返し自分に言い聞かせた。

ドキドキしながらベッドの端に腰を下ろして、じっと待機する。

寝室の暖炉の上に置かれた時計の振り子の音が、やけに大きく聞こえる気がした。

どのくらい時間が経《た》ったかもわからない。

ふいに寝室正面扉と反対の、奥の扉が開いた。そちらにも扉があることに気が付かなかった。

ハッとして振り向くと、アウレリウスが立っていた。

ゆったりとした踝《くるぶし》までの絹の寝巻き姿だ。

彼はかすかに衣擦《きぬず》れの音をさせて、ゆっくりとこちらに近づいてきた。

イェルダは身を固くし、膝の上に置いた両手を見つめて待った。

ぎしっとベッドを軋ませ、左隣にアウレリウスが座る。ふわりと甘い石鹸《せっけん》の香りがした。彼も湯上がりなのだろう。

「――イェルダ。私を見なさい」

低く艶《つや》めいた声で名前を呼ばれた。ぴくりと肩が竦《すく》んだが、おずおずと顔を上げると、すぐ目の前に端麗な顔があった。息が止まりそうだ。

「――」

心音が激しくなる。

鼻先が触れそうなほど、顔が寄せられた。もしかしたら、口づけをされるのか。目を閉じた方がいいのだろうか、一瞬迷った。

だが次の瞬間、アウレリウスは左手で自分の顔半分を覆っていた金髪を掻《か》き上げた。

「!」

イェルダは息を呑んだ。

アウレリウスの端整な顔には、左の額から顎にかけて、ざっくりと大きな傷跡があったのだ。彼が白皙なだけに、赤黒い傷跡は余計に痛々しい。

「驚いたろう？　怖いか？」

アウレリウスは皮肉めいた笑いを口元に浮かべた。

「――」

イェルダは生々しい傷跡に衝撃を受け、声も出ない。

「戦場で負傷した傷跡だ」

アウレリウスは髪を下ろすと、今度はやにわに寝巻きを脱いだ。

「っ――」

イェルダは目を見開く。

元軍人らしく肩幅の広い引き締まった肉体だ。だが、彫像のように整った身体のあちこちに、無惨な傷跡が刻まれていた。

「恐ろしい有様だろう。私は負傷し捕虜となり九死に一生を得て、帰還したのだ」

アウレリウスは無言のままのイェルダに、居丈高に言う。

「どうだ？　こんな男と睦《むつ》み合いたいと思うか？　結婚したことを、後悔したろう？」

イェルダはあまりの衝撃に呆然とし、答えることもできずにいた。

アウレリウスは寝巻きを着直すと、おもむろに立ち上がった。

「私と離縁したければ、そう申し出るがいい。私は受け入れる。返済したあなたの家の負債は、慰謝料代わりにしよう。陛下には私から、あなたに責が及ばぬように言い置いておく」

それだけ言うと、彼は背中を向けて出て行こうとした。

その時、イェルダは声を振り絞った。

「待ってください……！」

右手を伸ばして、アウレリウスの寝巻きの袖口を掴《つか》む。

「なんだ？　慰謝料がもっと必要なのか？」

イエルダはふるふると首を振った。

「いいえ、いいえ……どうか——もう一度、お顔を見せてください」

ぴくりとアウレリウスの背中が震えた。

イエルダは必死に懇願する。

「ここへ座って、お顔を私によく見せて」

「どういうつもりだ？」

アウレリウスは不審そうな態度で、しぶしぶと座り直した。

イエルダは真《ま》っ直《す》ぐに彼を見上げた。アウレリウスは冷ややかにイェルダを見返す。

「王都の社交界で、『幽霊公爵』の正体を吹聴《ふいちょう》して回りたいのか？」

「いいえ」

両手をそっと伸ばし、イェルダはアウレリウスの顔に触れた。ぴくっと彼の左眉が上がる。

イエルダはゆっくりと彼の髪を掻き上げた。傷跡が剥《む》き出しになる。

「っ？　——」

アウレリウスの顔が強張《こわば》る。

イェルダはそろそろと指先で傷跡を辿った。

目頭がじんと熱くなった。

帰還してこなかった「騎士様」のことが脳裏をかすめた。あの方も、戦場で酷《ひど》い目に遭ったのかもしれない。戦争に勝っても、多くの犠牲が出たことに代わり無いのだ。

「お国のためにその身を犠牲にして、闘われたのですね」

声が嗚咽《おえつ》で掠《かす》れそうになる。

「なんてご立派なことでしょう。よくぞ、ご無事でお戻りになりました」

ほろほろと涙が頬を伝って零《こぼ》れ落《お》ちる。

「──」

アウレリウスは目を瞠る。彼が低い声で言う。

「私が怖く、ないのか？」

イェルダは首を横に振る。

「この傷は、名誉の負傷です。讃《たた》えこそすれば、拒む理由などありません。さぞや痛く苦しい経験をなさったのでしょう。私など想像も及びません。でも──」

イェルダは心底から言う。

「私は公爵様のお苦しみを、少しでも癒やして差し上げたい。なにができるかわかりませんが、これから努力します」

アウレリウスが信じられないという表情になる。

「離婚しないと、いうのか？」

「離婚など考えもしません——私は公爵様がご自分の辛い過去を打ち明けてくださって、嬉しいのです。妻として扱っていただいたみたいで、ほんとうに嬉しい……」

涙が止まらない。

アウレリウスのあまりに過酷な経験の衝撃と彼がそれを告白してくれたという喜びで、感情がごちゃまぜになった。

イエルダは両手で顔を覆って嗚咽に咽《むせ》ぶ。

「うぅ……」

「——」

アウレリウスの視線が痛いほど注がれているのを感じた。

泣いたりして呆《あき》れているのかもしれない。

ふと、肩に彼の右手が触れた。

大きくて温かい掌《てのひら》だ。

「——イエルダ」

名前を呼ぶ口調に、わずかに感情がこもっている気がした。

「はい……」

涙でぐしゃぐしゃになった顔を上げると、アウレリウスの節高な指先がそっと頬に触れた。ごつごつとした感触に、心臓がドキドキと高鳴る。彼の指が涙の雫《しずく》を拭う。

「私のために涙を流す人がいるとは――」

アウレリウスは独り言のようにつぶやく。

深い青い瞳がイェルダに据えられる。

「琥珀色の瞳だな――なにか、ひどく懐かしい」

「……」

そんな色っぽい眼差しで見ないでほしい。身体が熱くなり、呼吸が苦しくなる。

じりじりとアウレリウスの顔が接近してくる。

なんて美しいのだろうとイェルダはぼうっと思う。さらさらした金髪の狭間《はざま》から顔の傷跡がのぞくが、それすら彼の美貌を引き立てる精緻な紋様のように思えた。

彼の妖艶な視線に耐えきれず、思わず目線を逸《そ》らそうとした。

次の瞬間、なにか柔らかいものがしっとりと唇を塞いだ。

甘い石鹸の香りが鼻腔《びこう》を満たす。

「んっ……？」

驚いて目を見開く。口づけされているとわかるまで、数秒かかった。

生まれて初めての異性からの口づけに、頭の中が真っ白になる。

どうしていいか分からず狼狽《うろた》えて硬直しているうちに、アウレリウスの左手が背中に回り、引き寄せた。

「っ、んぅっ」

男の広く逞《たくま》しい胸板に倒れ込むような形になり、自分の胸がぴったりと彼に密着した。自分の心臓がコトコトと早いリズムを刻む。同じように、アウレリウスの力強い鼓動も速い、と感じた。

その間も、アウレリウスは顔の角度を変えては、撫でるような口づけを繰り返した。イェルダは呼吸をすることも忘れて、呆然と口づけを受けていたが、

「ふ、んぁ、ふぁっ……」

息苦しくて思わず唇を開くと、するりとアウレリウスの濡《ぬ》れた舌が侵入してきた。

「ふぁ、ふ……っぅう」

歯列を辿り口蓋をぬるりと舐《な》められると、ぞくぞくした未知の感覚が背中を走り抜けた。口づけがこんなに淫らで濃厚なものとは、思いもしなかった。ただただ狼狽えてしまう。アウレリウスの右手がイェルダの後頭部を抱え、動かぬようにし、そのまま、彼の舌がさらに深く押し入ってくる。

「んっ……、んん、ん……ぅ」

怯えて縮こまるイェルダの舌を、アウレリウスの舌が搦《から》め捕る。そのままちゅうっと音を立

てて強く吸い上げられた。直後、官能の悦《よろこ》びがうなじから下肢まで貫き、頭の中が真っ白になった。

「んゃあ……は、はぁ、は……ぁ」

くちゅくちゅと猥りがましい水音を立てて、舌と舌が擦れ合うたびに、どうしようもなく心地良くなってしまい、悩ましい鼻声が漏れてしまう。

アウレリウスの熱い舌は絶え間なくイェルダの口腔《こうこう》を掻《か》き回《まわ》し、濡れた唇が引き出した初心《うぶ》な舌を吸い上げては優しく扱く。そうしながら、後頭部に添えられた右手が、髪の毛をまさぐり耳朶《じだ》の裏側を撫でたり首筋を擽《くすぐ》ったりしてくる。

「ん……んん、んぁ、あ、ぁあ……」

身体中《からだじゅう》が熱くなり、口づけの淫らな快感に思考がとろりと蕩け、四肢から力が抜けていく。目を閉じて、うっとりとアウレリウスの舌使いに酔いしれた。

口の端から嚥下《えんげ》し損ねた唾液が溢れてくる。アウレリウスは卑猥《ひわい》な音を立ててその唾液をくまなく啜《すす》り上《あ》げた。意識も呼吸も魂まで、なにもかも奪われていくような気がした。

気が遠くなるほど長い長い濃厚な口づけから解放される頃には、イェルダはぐったりとアウレリウスの腕に身をまかせていた。

「……はぁ、は、はぁ……」

イェルダは浅い呼吸を繰り返し、瞼《まぶた》を開いて潤んだ瞳でアウレリウスを見上げた。

見返してくる彼の眼差しに、これまで感じたことのない人間的な情の色があるような気がした。

アウレリウスの青い目に吸い込まれてしまいそうで、心臓が早鐘を打つ。

と、ふいに彼が目を瞬き、そっとイェルダから身を離した。

「――すまぬ、つい」

彼の低い声が戸惑っているように感じる。

「私はもう、行く」

アウレリウスは立ち上がり、そそくさと元来た扉へ向かい、寝室を出て行こうとした。

イェルダは慌てて声をかける。

「あ、おやすみなさい、公爵様」

戸口で一瞬立ち止まったアウレリウスは、背中を向けたまま答えた。

「――おやすみ」

聞こえるか聞こえないかくらいの小声であった。彼はそのまま扉の外へ姿を消した。

「は……ぁ」

イェルダは大きく息を吐いた。まだ頭の中は霞《かすみ》がかかったようにぼうっとしていた。

生まれ初めて経験した口づけはあまりに刺激的だった。ドキドキはおさまらないし、なんだか下腹部の奥のあたりが妙にざわついている気がする。

そっと指先で唇触れてみる。

まだアウレリウスの唇や舌の感触が生々しく残っている。

イェルダとは夫婦の営みをするつもりはないと宣言していたのに、どうして急に口づけなどしてきたのだろう。

ふいを突かれて狼狽えてしまったが、あんな官能的な口づけを教えるなんて、なんて罪な人だろう。

心の隅で、はしたないと思いつつもまたして欲しいと願ってしまう自分がいる。

それに、アウレリウスが過去を打ち明けてくれたことが、とても嬉しかった。きっと誰にも言いたくないことだったろうに、イェルダには話してくれた。

それは、イェルダを妻として認めてくれたことではないだろうか。

口づけは、その延長だったのかもしれない。

それならば、もしかしたらいずれ、口づけの先もあるのかもしれない。

これまでは恐怖と嫌悪感が勝っていたのに、今は恥ずかしさと少しの好奇心に変わっている。

「公爵様となら、私、きっと……」

淫らなことを考えてしまい、再び脈動が速まり、イェルダは慌てて毛布の中に潜り込んだ。

「とにかく、今夜はもう寝よう。たくさん寝て、元気になって、それからだわ」

ふわふわの羽布団はとても心地よく、旅の疲れも相まってイェルダはあっという間に深い眠りの底に落ちていった。

――一方。

自分の寝室に戻ったアウレリウスはひどく混乱していた。

彼はどさりとベッドの端に腰を下ろすと、両手でくしゃっと髪を掻き回した。

「くそ――なんなのだ、あの娘は」

あどけない顔で覚悟と約束などと、利いたふうな口を叩いたのが癪《しゃく》に障った。

それで、自分の素顔を晒《さら》して脅かして、とっとと屋敷を叩《たた》き出してやろうと思ったのだ。

それなのに、彼女は――。

顔の傷を怖がるどころか、名誉の負傷だと誉だと称《たた》え、これまでのアウレリウスの苦悩を思《おも》い遣《や》って泣いてくれたのだ。

もしかしたら、彼女の身内に戦争に行って戦死したり負傷したりした者がいたのかもしれない。そう考えると、きついことを言ったことを少し後悔した。

『結婚し後継ぎを成すように。相手は王都住まいの由緒正しい伯爵令嬢である。これは王命で、王命に逆らえば逆臣として国外追放する』

という親書を受け取った時には、国王陛下もずいぶんと強引な手を使ってきたな、と苦々しくこの結婚を承諾したのだ。どうせ王命で、借金返済のために仕方なく嫁いできた令嬢だ。アウレリウスの素顔を知れば、震え上がってすぐに逃げ出すだろうとたかを括《くく》っていたのだ。

しかし彼女は、妻としてアウレリウスを理解したいと言う。

その眼差しは純粋でひたむきだった。琥珀色の大きくて澄んだ瞳は、なぜかアウレリウスの心の深い部分を揺さぶるものがあった。

衝動的に口づけをしてしまっていた。

おそらく男性から口づけをされたことなどないのだろう。無抵抗でなすがままになっていた。

華奢《きゃしゃ》な身体は、体格の良いアウレリウスが強く抱きしめたら、ぽきりと折れてしまいそうだった。だが、熱くしなやかな肉体の奥に強いものを秘めているような気がした。

どうも調子がくるう。到着したばかりで何も知らない娘に、感情がかき乱される。

きっと、長い間他人と接してこなかったせいだ。

イエルダは、弾けるように喋《しゃべ》り、ころころ笑い、すぐに泣く。

そんなあけすけで素直な感情の発露に、アウレリウスは慣れていない。

じっと膝の辺りを見つめ、気持ちを整理しようとした。

ふとどこからか、若い男の声が聞こえてくる気がした。

『俺はどこまでもお前と生死を共にする覚悟だ。約束するぞ、アウレリウス』

ずきりと胸の奥に痛みが走り、アウレリウスは唇を強く噛《か》んだ。

彼はいつもの冷徹な顔に戻る。

そして、吐き出すようにつぶやいた。

「ほだされてなるものか——純情ぶっているあの娘も、すぐに化けの皮が剥《は》がれるだろう」

ベッドに潜り込み、目を閉じる。

しかし、眠りは浅く、いつもの悪夢が襲ってくる。

アウレリウスはしきりに寝返りを繰り返し、苦しそうに顔を歪める。

この十年、安らかに眠れたことは一度もないのだ。


翌朝——。

ぐっすり眠りこけていたイェルダは、一番鶏《いちばんどり》の声にはっと目を覚ました。寝ぼけ眼でがばっと起き上がる。

「いけないいっ、みんなの朝食の支度をしなくちゃ……」

目を擦ると、見知らぬベッドに寝ていた。

「あ——？」

そうだ、昨日ハンメルト公爵家に嫁いできたのだった。

もう家族の世話をする必要はない。

だがイェルダはさっとベッドから下りると、てきぱきと身支度を調え、部屋を出た。

まだ屋敷の中を把握していないが、階下からかすかに煮炊きする匂いが漂ってくる。

厚いカーテンを隙間なく下ろした屋敷の中は、朝だというのに薄暗い。イェルダは手燭《てしょく》を持って、そろそろと階段を下りていく。

一階の食堂の奥に厨房があるようだ。

イェルダは厨房の扉を押し開き、明るく挨拶した。

「おはようございます」

厨房にいたミカルとコックのブルーノが、驚いた顔で振り返る。

「奥様、おはようございます。お食事の時間になりましたらお呼びしますので、お部屋でお休みになってください」

ミカルが手にしていた銀器をテーブルの上に置くと、慌てて近寄ってきた。

「いいのよ、私、実家でも家事や炊事をやっていたの。なにか手伝うわ」

「そのようなこと、けっこうでございます」

「だって、このお屋敷、使用人が三人しかいないのでしょう？　人手が足りないと思うわ」

イェルダはさっさとテーブルに向かうと、並べられてあった銀器類を見た。磨き布が置かれている。

「これを磨けばいいのね。私がやりますから、ミカルは食卓の支度をしてちょうだい」

「いえ、そんな――」

ミカルが止める暇もなく、イェルダは椅子に座ると手際よく銀のスプーンを磨き始めた。手を動かしながら、ブルーノに声をかける。

「ブルーノ、昨夜の晩餐はどれもこれも素晴らしく美味しかったわ。あなたは料理の天才ね」

「恐縮でございます、奥様」

　赤ら顔で太り肉のブルーノは、嬉しげに答え、さらに顔を赤くした。

「朝のメニューはなあに？」

「カリカリに焼いたベーコンにゆで卵、ポタージュスープに炒《いた》めたアスパラ、焼きたてのクロワッサンでございます」

「豪華だわ！　私ね、ゆで卵はカチカチなのが好きなの。急いで食べると喉に詰まらせてしまいそうなくらいにハードなのをお願いね」

　コックは破顔した。

「承知しました」

　銀器を磨きながら、イェルダは歌を口ずさむ。

「来る朝ごとに　まぶしい朝日を受けて　神の光を心に感じ　慈しみを　新たに悟る　この朝」

　ミカルとブルーノが感心したように聞き惚れた。

「奥様、なんと美しい歌声でしょう。心が晴れ晴れといたします」

「うふふ、私、王都では子どもたちに歌を教えていたのよ」

ニコニコして答えると、ふいに厨房の呼び鈴が鳴った。

「旦那様のお呼びです」

ミカルが急ぎ足で出ていった。

スプーンを全部磨き終えると、イェルダは食堂に移りテーブルの上を点検した。昨日と同じく、アウレリウスと自分の席がテーブルの端と端で遠く、少し寂しい。

自分の席の横に立って待っていると、程なくミカルに導かれアウレリウスがやってきた。

明るめのウールのグレイのモーニングスーツをぱりっと着こなしていて、とても爽やかだ。

孤高な生活をしていても、きちんとマナーに則っているのは、王家の血筋である育ちの良さを感じさせる。昨夜の口づけを思い出し、少し気恥ずかしくなったが、笑顔を作った。

「おはようございます、公爵様」

挨拶すると、アウレリウスは硬い表情で答えた。

「おはよう。もう起きていたのか」

「はい。銀のスプーンを三十本磨きました」

アウレリウスはイェルダに近寄ると、椅子を引いてくれながら不機嫌そうに言う。

「そんな使用人みたいなことはしなくていい」

「え、だって公爵様は、私の好きにしていいって昨日おっしゃいましたわ」

椅子に腰を下ろしながら、イェルダは朗らかに答えた。

自分の席に座ったアウレリウスは、さらに不機嫌そうになった。

「厨房で歌を歌っていたのは、あなたか?」

「はい、朝の讃美歌《さんびか》です」

「おかげで目が覚めた」

「では、これから毎朝歌いましょうか?」

アウレリウスはナプキンを広げると、

「朝は静かにしてくれ」

と、ぴしりと言った。

「はい……」

イエルダはしゅんとして自分の膝にナプキンを広げた。

「まるで天使のような歌声でしたよ。あの歌で毎朝起こされるのなら、私ならどんなに気分が良いことでしょうね」

ミカルがスープをよそいながら、取りなすように言った。

アウレリウスは軽く胸の前で祈りを捧《ささ》げるポーズを取ると、無言でさっさと食事を始める。

イエルダも慌てて食前の祈りを捧げると、食事を始めた。

「今朝のベーコンは、カリカリでとても美味しいですね」

美味しい料理に、たちまち気分が上昇する。

「ミルクは契約している農場から毎朝搾りたてを届けてもらっていると、ブルーノに聞きました。とても濃厚だわ」

イェルダがしきりに話しかけるが、アウレリウスは自分の皿を見つめて、黙々と食事をするだけでとりつく島もない。ただ、ゆで卵を口にした時だけ、アウレリウスはぴくりと眉を上げた。

「ミカル、この卵はなんだ？」

食事中、初めて言葉を発した。壁際に控えていたミカルが何事かとアウレリウスに近づいた。

「は──いかがしましたか？」

「いつも半熟だと言っているだろう？」

イェルダはあっと思い、自分のゆで卵の殻をスプーンの背で割ってみた。とろとろの半熟だった。慌ててアウレリウスに告げる。

「ごめんなさい。固ゆで卵は私が頼んだのです。ミカルがうっかり取り違えてしまったのでしょう。こちらをどうぞ」

半熟卵の乗ったエッグスタンドを差し出そうとすると、アウレリウスはむすっと答えた。

「もう口をつけてしまった。今日はこれでいい」

そのまま固ゆで卵を食べ続けているので、イェルダは自分も半熟卵を食べ始める。

「まあ！　とろとろで口の中で蕩けるわ。半熟も美味しいですね」

そう言ってアウレリウスを見遣ると、彼がいかにも飲み込みにくそうに口を動かしているので、

「固ゆで卵は、オリーブオイルとレモン汁に塩とマスタードをつけると、食べやすくてとても美味しいですよ」

それを聞いたミカルが厨房にすっ飛んで行って、オリーブオイルの瓶と半切りにしたレモンとマスタードの壺《つぼ》を運んできて、アウレリウスの側に置いた。アウレリウスは手を出そうとしない。イェルダはさらに言い募る。

「ぜひ、やってみてください」

ミカルが気を利かせて口を挟んだ。

「旦那様、せっかくですから試してみたらようございますよ」

二人にせっつかれたためかアウレリウスは仕方なさそうに、固ゆで卵にオリーブオイルをかけレモン汁を搾り塩とマスタードを添えた。一口食べた彼の表情が変わる。

「うむ」

アウレリウスはうなずきながら、あっという間に卵を食べ終えた。イェルダは目を輝かせた。

「美味しかったでしょう？　ね、ね？」

身を乗り出さんばかりにして聞いてくるイェルダに、アウレリウスは困惑した顔で答える。

「ああ、美味かった美味かった」

彼は素早く紅茶を飲み干すと、さっと立ち上がった。

「ミカル、今日ルゥエンの街に出るのなら、各荘園に通達する封書を書いたので、郵便局へ出しておいてくれ」

「承知しました」

アウレリウスはそのままイェルダには挨拶もせず、食堂を出て行ってしまった。

しかし、イェルダは満足であった。

「公爵様が美味しいっておっしゃったわ」

ミカルが感心したように言う。

「旦那様が、お食事を美味しいとおっしゃったのは十年ぶりです」

「──そうなのね……」

戦争の傷跡は、アウレリウスから喜怒哀楽の感情を奪ってしまったのだろうか。

「奥様、お食事が終わりましたら、街に出て新しいドレスを仕立てましょう」

「あ、そうだったわね。私、まだこの土地のこと何も知らないから、とても楽しみだわ」

食事の後、急いで外出の支度をした。屋敷前にミカルがあらかじめ呼んであった辻馬車《つじばしゃ》が待ち受けていた。ミカルと向かい合わせで馬車に乗り込む。馬車が走り出すと、ミカルが残念そうに言う。

「──本来なら、夫たる旦那様が同伴するべきなのですが、あのお方はけっしてお屋敷から出ようとはなさりません。以前は、領地をこまめに視察に回られ、領民たちと仲良く交流したものですが、今は書面で指示を出すばかりです」

「――戦争、のせいですか？」

イェルダが遠慮がちにたずねると、ミカルが目を見開いた。

「なんと――旦那様がそのような話を奥様に？」

「はい。先の戦争で負傷し捕虜となり、それは辛い経験をなさったと聞きました。お顔の傷のせいで、人と会うことを避けておられるのかしら」

ミカルは驚きを隠せないようだ。

「旦那様がご自分の過去をお話しなるとは――それで、奥様はどのように感じられましたか？」

「お身体の傷は名誉の負傷です。私は少しも気になりません。でも、戦争で受けた心身の傷の辛さは、私なんかに想像もつきません。公爵様のためになにかできることはないか、一生懸命考えます。妻として、あの方を支えたいんです」

ミカルは感に堪えないような表情になった。

「奥様はそのままで充分、旦那様のためになっておりますよ」

イェルダは頬を赤らめた。

「いいえ、ぜんぜんだわ。私など鬱陶しいと思っておられるのよ……」

それでも、イェルダはなぜかアウレリウスのことを嫌いにはなれない。イェルダを拒絶する彼の言動は、過去の心の傷にさらに新しい傷をつけて古い傷を上書きしているように感じられて仕方ない。

アウレリウスの心の奥には、もっと悲しい辛い記憶が隠されているような気がするのだ。

ハンメルトの屋敷に来る時に通り抜けた、街の大通りに出た。

一軒の大きなショーウィンドウのある衣料店の前で、ミカルは馬車を止めさせた。

「そこの衣料店がハンメルト家御用達《ごようたし》の店でございます。さあ入りましょう」

ミカルは好きなだけドレスを注文していいと言ったが、イェルダは控えめに、デイドレスとイブニングドレス、ディナードレスを、それぞれ二着だけした。だが、ミカルがぜひにと勧めるので、ウィンドウに飾ってあったデイドレスを購入し、着替えて帰ることにした。

柔らかなパステルピンクのふんわりとしたモスリンのドレスは、イェルダの清楚な美をこの上なく引き立て、袖口やスカートの裾に金糸の刺繍が施してありさりげなく華やかさも加わっている。この店は美容院も兼業していて、ドレスにふさわしく髪を結ってもらった。サイドを複雑に編み上げて頭の上にきっちりと纏め、首筋に巻き毛の房を揺らすスタイルは、イェルダをまるで別人のような気品ある淑女に変えた。

支度が全て終わり、奥から現れたイェルダを見て、ミカルはほおっと感嘆のため息を漏らした。

「これは奥様――堂々たる公爵夫人でございますよ」

「こんなに着飾って、贅沢好きな女だと、公爵様が眉を顰めないといいのだけれど」

美しく装うのは乙女心が擽られて嬉しい反面、家の負債のためにこの結婚を受け入れたという立場なので、あまり金のかかる女だと思われたくないという気持ちもあった。

「とんでもございません。そもそも、ハンメルト公爵家は王家の血筋の名門でございますよ。その奥方様が、それなりの装いをするのに、何も問題はありません」

ミカルが力強く受け合ったので、少しホッとした。

そして、傍でホクホク顔になっている店長に、この店に来てからずっと気になっていたことを聞いてみる。

「あの――カーテンの見本もあって、奥の棚にたくさんの布が置いてあったのですが――カーテンを購入することもできますか？」

「もちろんですが――」

イェルダは顔をぱあっと明るくし、ミカルに切り出した。

「ミカル、お屋敷のカーテンを新しくしましょう。これからの季節にふさわしい、明るい色の薄手のカーテンを買いましょう！」

「カーテン、ですか？」

「そうよ。日の光を通すカーテンよ。きっとお屋敷の中が、見違えるわ！　そうしましょう！」

自分のドレスの時より、よほど生き生きとしているイェルダの姿に、ミカルは感動の面持ちでうなずいた。

「よろしいでしょう。旦那様も窓を開けるなと厳命されましたが、カーテンを変えてはいけないとはおっしゃいませんでしたからね」

イェルダはミカルとたくさんのカーテンのサンプルから、若草色でリネンの素材のものを選んだ。店にあるだけのカーテンを購入し、足りない分は注文した。

こうして、大きな荷馬車を一台雇いカーテンを運ばせ、意気揚々と帰宅した。

アウレリウスは屋敷内に他人が入ることを嫌がるので、玄関前まで御者に運んでもらった。あとはミカルと庭師のデニスで運び入れた。

「さあ、まず一階と食堂だけでも、カーテンを付け替えてしまいましょう」

イェルダは新調したばかりのドレスの上から、実家で愛用していたエプロンを着けた。

「奥様、せっかくのドレスが埃で汚れてしまいます。ここは私どもが――」

ミカルが気遣ったが、イェルダは首を振る。

「高いところに登る作業は男性にお願いするわ。私は下からカーテンを渡す役目をしますから。使用人が少ないのですもの、皆で協力しましょう。ミカル、デニス、よろしくお願いね」

「かしこまりました」「承知しました」

高い木に登ることに慣れているデニスが、脚立を使って重々しいカーテンを外していく。それをミカルとイェルダで受け取って、替わりに新しいカーテンを手渡す。しばらくすると、厨房からブルーノもやってきて手伝いを買った。アウレリウス以外の屋敷の者総出で立ち働く。

屋敷の高窓は数が多く、一階の主だった窓のカーテンを付け替えるだけでも大仕事であった。

しかし、ウールのどっしりとした深紫色のカーテンから、薄手のさらさらした若草色のカーテンに替えると、みるみる屋敷の中が明るくなっていく。

古いカーテンは埃だらけで、イェルダの顔や髪は埃にまみれてしまったが、ぜんぜん気にならなかった。途中の休憩の時は、ブルーノが冷たいレモネードを振る舞ってくれて、渇いた喉を潤した。

「埃が散るから、ちょっとだけ空気を入れてもいいわよね」

イェルダは窓を少しだけ開けた。

何時間もかけて、一階のカーテンを交換し終える。

「皆さん、ほんとうにご苦労様でした。古いカーテンは、明日、洗濯屋に出してもらって冬場のために保管しておきましょう」

イェルダが額の汗を拭いながら、ミカルと話している時だ。

「がたがたとうるさい。何をしている?」

ふいに怖い声がした。二階の階段の上に、アウレリウスが立っていた。

イェルダはハッとして振り返り、急いでエプロンを外し乱れた髪を手で整える。ミカルやデニスやブルーノは、慌てて頭を垂れた。

「公爵様、見てください」

イェルダはカーテンの前で両手を広げた。

「明るい色でしょう？　お屋敷の中がうんと明るくなりましたよ」

その時だ。

空気を入れ替えようと窓を少し開けていたので、そよ風が吹き込み、リネンのカーテンをふわりとそよがせた。カーテンの綺麗なドレープが、イェルダの周りを包み込んだ。

「――――！」

アウレリウスは息を呑んだようにこちらを見下ろしている。

イェルダはニコニコしながら彼を見返した。

一歩、二歩、アウレリウスが階段を下りてきた。階段を降り切ると、ゆっくりこちらに歩み寄ってくる。

彼の視線はイェルダに釘付《くぎづ》けだ。

アウレリウスがなにか言いかけた時、開いていた窓の外から通行人の声が飛び込んできた。

「幽霊屋敷に奥さんが来たって話だぜ」「幽霊公爵の奥さんは、やっぱり幽霊かねえ」

はははと下卑た笑い声がした。

ぴくりとアウレリウスの美麗な眉が持ち上がった。

彼は強張った声で言った。

「——何をしている。窓は開けるなと命じたろう。さっさと窓を閉めろ」

ミカルが慌てて窓を閉めた。イェルダは取りなすように言った。

「ごめんなさい。空気が澱《よど》んでいたから、ほんの少し開けただけなの——でも、カーテンは素敵でしょう？」

アウレリウスが怒りに任せたように声を荒くする。

「余計なことはするな。私の気持ちを乱すことは、しないでくれ！」

「……」

イェルダは浮きたった気持ちが、みるみる萎《しぼ》んでいくのを感じた。

アウレリウスのために良かれと思って頑張ったのに、彼には迷惑なだけだったのだ。

「旦那様、そのような言い方はあんまりです。奥様は午後中休みなくたち働かれて——」

ミカルが庇《かば》おうとした。デニスもブルーノも口々に言う。

「その通りです」「部屋の中が見違えりました」

「いいのよ、みんな。私が余計なことをしたから……お気に触って、ごめんなさい」

イェルダは顔を伏せ、アウレリウスの横を素早く通り過ぎ、階段を駆け上がって自分の部屋に飛び込んだ。

「うぅ……っ」

嗚咽が込み上げてくる。

ベッドに倒れ込むように顔を埋め、さめざめと泣いた。

綺麗に着飾ったのも、頑張ってカーテンを付け替えたのも、アウレリウスを喜ばせたい、褒められたいという一心だった。

だが、アウレリウスにはただ煩わしいだけだったのだ。

イェルダは彼の平穏な生活を掻き乱す存在でしかない。

好かれようとするなんて、土台無理なことだったのだ。

そこでハッとイェルダは自分の本心に気がつく。

「私、公爵様のことが好きなんだわ……」

初めて出会った時から、アウレリウスに惹《ひ》かれていた。

彼が自分の傷を晒し壮絶な過去を打ち明けてくれた時に、ほのかな好意は恋心に昇華していたのだ。

なんて辛い恋だろう。

アウレリウスはイェルダのことを嫌悪しているというのに。これから先ずっと、好きな人の側で疎まれながら生きていくのか。

毛布に顔を押し付けて忍び泣いているうちに、昼間の疲れが出たのかいつの間にか泣き寝入りしてしまった。

その夜の晩餐に、イェルダは現れなかった。

ミカルが何度か声かけに行ったのだが、返事はなかったという。

食堂で座って待っていたアウレリウスは、仕方なく一人で食事を始めた。

もくもくと咀嚼《そしゃく》する。今まで通りの孤食だ。しかし、なぜか物足りない。

食堂がやけにがらんとして感じ、食事も味気ない。どういうことだろう。

「うずらの詰め物焼きでございます」

ミカルがメインディッシュの皿を運んできた。

「――」

アウレリウスは無言でナイフを入れる。中からリンゴのペーストがとろりと流れ落ちる。コックのブルーノのお得意のオリジナル料理だ。

「『ゴルゴンソースをかけてローストしたウズラ肉にリンゴのペーストの甘さが絡んで、絶妙ですね』と、奥様なら目を輝かせるところですな」

脇に控えたミカルがぼそりとつぶやく。

アウレリウスはじろりとミカルを睨《にら》んだ。

「私の食事中に、余計な口をきくな」

「いいえ、言わせていただきます」

いつも従順なミカルが強張った顔つきで言い返した。

「あんなに健気《けなげ》で一生懸命な奥様を怒鳴りつけて泣かせるなど、騎士にあるまじき行為です」

「私はもう騎士ではない」

顔を顰《しか》めてアウレリウスが答えると、

「ええそうでしょう。男主人としても落第です。奥様がこの屋敷に来られて、わずか二日ですが、我々使用人が奥様にどれほど褒められ感謝の言葉をいただいたか、想像できますか？　デニスもブルーノも、すでに奥様に心酔しております。返ってこの十年、旦那様が私どもに労《いたわ》りの言葉をかけたことがありますか？　奥様こそ、この屋敷にふさわしい女主人です」

「黙れ、と言っている」

アウレリウスはかしゃんと音を立ててナイフとフォークを置いた。

食欲は完全に失せていた。彼は皿を見つめて、悔やむような小声で言う。

「泣かせるつもりはなかった――」

ミカルの表情が和らぐ。

「わかっておりますとも。旦那様は若い女性にどう接していいか、わからないだけなのですね」

アウレリウスの白皙の目元が、わずかに赤く染まる。

「あの桃色のドレス――」

「ええ」

「とても似合っていた――到着した時と、まるで別人のように綺麗で驚いた」

「旦那様。それは奥様に言ってさしあげてください」

　アウレリウスはゆっくりと席を立った。

「具合が悪いのかも知れぬ。来た早々倒れられても迷惑だ。様子を見てくる」

「そうしてください」

　すると、厨房からブルーノが飛び出してきた。手に銀のクローシュをかけた盆を掲げている。

「旦那様、これを奥様にお持ちください。サンドイッチと温かいミルクです。きっと、お腹《なか》を空かせになっておられましょう。奥様はとても健啖家《けんたんか》でおいでですから」

　アウレリウスは憮然《ぶぜん》とする。

「私が持っていくのか？」

　ミカルとブルーノが当然とばかりにうなずいた。

　仕方なく受け取った。

　階段を上りながら、ミカルたちがあんなに話しかけてくるのはずいぶん久しぶりだと思った。二人とも、アウレリウスが生まれる前からこの屋敷に仕えている。気心が知れていて、戦争前は親しく会話をしたものだった。彼らにすら心を閉ざしてきたことを、今さらに後悔した。

二階はまだ古いカーテンが下がったままだ。

ひどく薄暗くカビ臭い気がした。

イェルダの部屋の前に来るとアウレリウスは立ち止まる。

自分はなぜ、彼女を気にしているのか。ずっと、他人との関わり合いを避けてきた。

この結婚だって、王命で仕方なく従っただけだ。どうせ相手も金目当ての結婚なのだから、相手にすることはない。自分の生活を乱さぬようにおとなしくしてくれれば、家具の一部とでもみなして我慢して置いてやろうくらいに考えていた。

だが――。

イェルダは初めから、まっすぐにアウレリウスの心に飛び込んできた。

明るくてよくしゃべりよく歌いよく動きよく泣き、アウレリウスには煩わしさの極地のような娘だ。

それなのに、気持ちが引かれる。

カーテン一枚で屋敷の雰囲気ががらりと変わったように、アウレリウスの目の前に突然違う世界が現れた。

忘れていた光り輝く刺激的な世界だ。そちらには二度と戻らないと、決めていたのに。

こんなにも心が乱されたのは十年ぶりだ。戸惑いの中にあるなにか甘酸っぱい感情。

それがなんなのか、アウレリウスにはまだわからないでいた。

彼は深呼吸すると、軽く扉をノックした。

「イエルダ」


「イエルダ」

誰かが呼んだ。

イエルダはハッとして目を覚ました。

涙が乾いてシーツに顔が張り付いている。

「いやだ、私ったらうたた寝を……」

慌てて起き上がり、乱れた髪を直すと扉の前に向かう。

心配して、ミカルが様子を見にきたのだろう。

扉を開きながら、笑顔を作ろうとした。

「ごめんなさい、うとうとしてしまって——」

ドキンと心臓が高鳴った。

アウレリウスが立っていたのだ。廊下は暗かったので、それこそ幽霊のように見えた。

「きゃっ、公爵様っ」

悲鳴を上げて、一歩後ろに下がった。

「なぜ食事に来ない」

アウレリウスは不機嫌そうに言う。

「必ず食事を共にしろと約束させたのは、そちらだろう？」

なぜか責められている気がする。

「ごめんなさい、少し疲れてしまったみたいで」

「入ってよいか？」

「え？　あ、はい」

脇へ身を避けると、アウレリウスはずかずかと入ってきた。手に銀のクローシュをかけた大きなお盆を持っている。

「ブルーノが心配して、食事を持たせた」

アウレリウスが盆をテーブルに置き、おもむろにクローシュを外した。ほわあと温かくいい匂いが漂う。

とたんにお腹がぐうっと鳴った。

「あ、し、失礼しました……」

「いいから、ここへ来て座るがいい」

アウレリウスが椅子を引く。素直に腰を下ろすと、彼は自分の内ポケットからハンカチを取り出し、イェルダの首の周りに巻いてくれた。思いもかけない優しい行為にドキマギしてしまう。

「あ、ありがとうございます」

アウレリウスは向かい側の席に座り、腕組みをした。

「食べなさい」

「はい、いただきます」

胸の前の手を組んで祈りを捧げてから、皿の上の綺麗に盛り付けてあるトーストサンドイッチを一切れ手にした。鶏肉《とりにく》のようなものが挟んである。

さくりと噛むと、じわぁっと中の甘いペースト状のものが溢れてくる。

「わあ美味しい！　これ鶏肉ではないですね？」

「ウズラの詰め物焼きだ。ブルーノの得意料理だ。中にリンゴのペーストが詰めてある」

イェルダはもぐもぐ咀嚼し、飲み込んでからにっこりする。

「濃厚なソースをかけたローストしたウズラ肉にリンゴのペーストの甘さが絡んで、絶妙ですねっ」

「――っ」

ふいにアウレリウスが肩を震わせたように見えた。

「!?」

（今、お笑いになった？）

「何か？……」

思わずアウレリウスを二度見する。

「いや——ミカルの言葉を思い出しただけだ」

彼は元の厳格な表情に戻っていた。

「どれも美味しいわ。このアスパラガスとハムのサンドイッチも最高です。公爵様は、お幸せですね?」

アウレリウスが右眉をぴくりと持ち上げた。

「幸せ?」

「そうですわ。こんな美味しい料理を毎日食べられるのですもの」

「——コックがいればこんなものだろう」

「でも……我が家はお恥ずかしながら貧窮していて、毎日の食事にも苦労していました。病弱な母と育ち盛りの弟にだけは、きちんと栄養を摂って欲しくて、私はできるだけ食事を切り詰めていたんです。一週間、パンとスープだけで過ごしたこともあります。だから、豊かな食事ができるありがたさと幸せを、しみじみ噛《か》み締《し》めています」

「——」

アウレリウスがゆっくりと腕を解いた。彼はなにか感じ入ったような表情になっていた。

「ここでは、好きなだけ食べるといい」

「はい」

皿のものをすっかり平らげミルクも飲み干し、イェルダはほうっとため息をついた。

「ごちそうさまでした。ああお腹いっぱい」

ニコニコしながらアウレリウスを見遣った。彼はじっとイェルダを見つめている。その眼差しに、これまで見たこともないような熱量が感じられる気がした。

「――イェルダ」

アウレリウスが低い声で話しかけてきた。

「私たちは国王陛下の命令で結婚した」

「はい」

「陛下からは『結婚し、ハンメルト公爵家の後継を成せ』と命がくだっている」

「はい」

「王命には従わねばならぬ」

「はい……」

わずかにアウレリウスが口ごもった。

「ゆえに子作りを――せねばならない」

「っ――」

顔が真っ赤になるのを感じた。

「は、はいっ、承知していますっ」

思わず声が裏返った。

「あなたとベッドをともにするつもりはない」と突き放されていたのに、急にそういうことになるとなんて――おそらくアウレリウスは、騎士の矜持《きょうじ》として王命には従うべきだと考え直したのだろう。

テーブル越しにアウレリウスの右手が伸びてきて、やんわりとイェルダの右手を握ってきた。温かくて大きい手に包まれると、少しだけ気持ちが落ち着く。

「なるべく、優しくする」

これまでに聞いたこともないような、艶めいた声でささやかれ、握られている手がぴくりと震えた。イェルダはキッと顎を引く。意気込んで答えた。

「大丈夫です。覚悟しています。たとえ痛くても苦しくても、決して泣き言は言いませんっ」

アウレリウスの口角がわずかに持ち上がったように見えた。

彼は手を握ったままゆっくりと立ち上がった。

そのまま奥の寝室へ誘う。

「おいで」

「は、はい……」

脈動がみるみる速くなる。行為自体はすぐに終ると言うが、本当なのだろうか。

ベッドまで導かれ、並んで腰を掛けた。

アウレリウスの両手がイェルダの肩を抱いて、そっと撫で下ろす。

「震えているね」

「き、緊張、して……それに、少し怖い……」

「大丈夫だ、怖くしない」

アウレリウスが顔を寄せてくる。さらりと彼の長い金髪がイェルダの顔を擽った。思わず目を瞑《つぶ》る。

アウレリウスの唇が、イェルダの額、こめかみ、目尻、頬とゆっくり触れてくる。その柔らかな感触に、背中がざわめく。

唇が重なった。

昨夜の深い口づけを思い出し、それだけで全身がかあっと熱くなる。

アウレリウスの唇が、宥めるみたいに何度もイェルダの唇を啄《ついば》む。

口づけの味はもう知っている。怖くはない。

「んん、ん……」

ぬるっと唇を舐められ、受け入れるように唇を開くと、アウレリウスの舌が侵入してきてイェルダの舌を搦め捕った。ちゅうっと音を立ててきつく吸われると、甘い痺《しび》れが背筋を走り抜け、息が乱れた。ぬるぬると舌の上を撫でられ、心地よさに頭がぼうっとしてきた。

「……は、ふぁ、は、ぁ……」

アウレリウスの舌の動きに応えようと、拙い動きで舌を動かしてみる。互いの舌がくちゅくちゅと水音を立てて擦れ合うのが気持ちよくて、深い口づけに夢中になった。

アウレリウスは熱い口づけを仕掛けながら、右手でそろそろとイェルダの胸元をまさぐってきた。身体を誰かに触れられたことがないので、一瞬びくりとする。が、布越しにやわやわと胸の膨らみを揉《も》み込まれることは決して不快ではない。

アウレリウスが唾液の銀の糸を引きながらわずかに唇を離し、少し掠れた声でささやく。

「脱がせてもいいか?」

裸を誰かに晒すことも生まれて初めての経験だ。だが、これが夫婦の営みの第一歩だ。ごくりと生唾を呑み、コクンとうなずく。

アウレリウスは少しぎこちなくドレスの胴衣のボタンを外していく。イェルダは目を閉じて、恥ずかしさに耐えた。コルセットの紐《ひも》を解くしゅるしゅるという音が、やけに淫靡《いんび》に聞こえる。

はらりはらりと着ているものが床に落とされていく。ドロワーズを脱がされる時には、わずかに抵抗したが、

「心配するな」

と穏やかな口調に言われ、おとなしくされるがままになった。

とうとう、一糸纏わぬ姿にされた。

「っ、は、恥ずかしい……」

両手で顔を覆ってしまう。

アウレリウスの左手が背中に添えられ、ゆっくりとベッドの上に仰向《あおむ》けに倒された。

「あ……」

全身に彼の視線を感じ、肌がチクチクする。

「綺麗だ——透き通るように白い」

アウレリウスがほうっとため息混じりにつぶやく。

「あ、あんまり、見ないで……ください」

羞恥に肌がぽうっと熱くなる。

「まろやかな胸、くびれた腰、柔らかそうな太腿《ふともも》、下の毛も金色なのだな」

「やあっ、そんなこと言わないでください」

自分の肉体の描写など聞かされ、恥ずかしくていやいやと首を振る。

「触れるぞ」

彼がのしかかるように身を寄せ、その両手が乳房を包み込み、ゆっくりと揉み込んだ。

「んっ……」

「まるで絹のような手触りだな」

寡黙な人だと思ったのに、イェルダの気持ちを落ち着かせようとするためか、しきりに感じたことを声にしてくる。不器用だが、その心遣いがじんと胸に響いた。

胸を揉《も》まれるのは不快ではなかったが、どう言うわけか乳首がだんだんツンと尖ってきて、なにかひりつくような感覚がうまれてきた。

ふいに彼の指先が乳首の先端を掠めるように撫でた途端、怖気《おじけ》のような未知の痺れが走り、思わずはしたない声が漏れた。

「あっ⁉　あんっ」

自分でも予想もしなかった艶めかしい声に驚き、両手を外してしまうと、こちらを見下ろしているアウレリウスの視線が絡む。彼の青い目が濡れているように光っていた。

「感じたか？」

「わ、わかりません、な、なにか痺れて……」

「これはどうだ？」

やにわにきゅっと乳首を摘まれて、鋭い痛みに腰が浮く。

「つっ、あんっ、や、あ、ぁあ……ん」

じんじん疼く乳首の先端を優しく円を描くように撫でられると、痺れる疼きが下腹部の奥あたりに響いて、口には出せないような恥ずかしい箇所がきゅうっと締まるような気がした。その度に、やるせない感覚が媚肉に広がっていく。

「あ……いやあ、も、もう、触らないで……お願い……」

「そんな色っぽい声を出して——こうするとどうだ？」

アウレリウスは指先で、すっかり硬く凝った乳首を、ピンピンと軽く弾いてきた。耐えきれない快美感が全身を走り抜ける。

「ぁう、あ、や、そんなにしちゃ……ぁ」

彼の指がひらめくたびに、びくびくと身が竦む。

頼りない声でもうしないでくれと懇願するのに、アウレリウスはくりくりと乳首を抉《えぐ》ったり、触れるか触れないかの力で撫《な》で回したりと、多彩な動きでイェルダの官能を目覚めさせる。

「あ、あぁ、もう、しないで……あ、ぁ」

身悶《みもだ》えて訴えたが、

「まだだ。この赤く色づいた先端を舐めてあげよう」

と言うや否や、アウレリウスは両手で寄せ上げるようにしたイェルダの乳房の狭間に端整な顔を埋めてきた。真っ白な乳丘にちゅっちゅっと口づけすると、片方の乳首は指でいじりながらもう片方を咥《くわ》え込んだ。濡れた口腔にちゅうっと乳首が吸い上げられると、腰から下が蕩けてしまいそうな快感が襲ってきた。

「ひぁやぅっ、や、ぁ、だめ、ぇ、舐めちゃぁ……あ、ぁあ……」

イェルダの反応が顕著になったことに気を良くしたのか、アウレリウスは、左右の乳首を交互に、舌で舐《な》め回《まわ》しては、吸い上げたり、軽く歯を立てたりと、執拗《しつよう》に攻め立ててきた。

「はぁ、あ、あぁん、あん……ぁあん」

悩ましい鼻声が止められず、感じ入るたびに背中が仰け反《の ぞ》り、陰部がせつなく疼いてどうしようもない。

どうしていいか分からず、秘所の疼きをやり過ごそうと無意識に太腿を擦り合わせると、なにかぬるっと滑る感触があった。なぜそこが潤っているのか、初心なイェルダには見当もつかない。

もじつく腰の動きを察したのか、アウレリウスが身を屈め、真っ赤に染まったイェルダの耳朶を甘噛みし、熱い息を吹き込みながらささやく。

「濡れてきたか？」

「ぬ、濡れ……？」

乳房をいじっていた彼の右手が、すっと腹部を撫で下ろし、下腹部へ伸びていく。薄い恥毛をさわさわと撫でた。

「あっ？」

節高な指先が割れ目に触れてきた。彼の指がぬるりと滑り、同時に淫らな痺れが子宮の奥に走り、びくんと腰が跳ねた。

「ひっ？　んっっ……あ、だめ、です、そんなところに触っちゃ……」

腰を引こうとしたが、アウレリウスの指がぬるぬると花弁を上下に辿ると、淫らな愉悦がひっきりなしに襲ってきて、拒めなくなる。

「ぁ、あぁん、や、やぁ、あ、あぁあ……ん」

触れられるところから、とろとろに溶けてしまいそうだ。

「甘露が溢れてくるよ。気持ち悦いのだね」

「う、うぅ……」

確かに心地よくて堪《たま》らないが、答えるのが恥ずかしくていやいやと首を振る。

「ここはどうだ?」

アウレリウスの濡れた指先が、割れ目の上に佇《たたず》む膨らみ切った蕾に触れた。

「ひ?　あああぁあっ!?」

刹那、目も眩《くら》むような喜悦が全身を駆け巡り、イェルダは腰をびくんと跳ね上げた。意識が飛ぶかと思うほどの凄《すさ》まじい快感だった。

「感じるんだね?」

アウレリウスは嬉しげな声を漏らし、蜜でぬるついた指の腹で小さな突起を繰り返し撫で回す。目の前が快楽でチカチカした。

「あ、あ、あぁ、だめえ、あ、なにこれ、いやぁああっ」

彼の指の動きは優しく繊細なのに、与えられる快楽は得も言われぬほど甘美だった。

「や、め、へんに……へんになって……あっ、あ、ぁ」

「へんになっていい、イェルダ」

アウレリウスはイェルダの乳首をねんごろに舐めしゃぶり、咥え込んだ乳嘴を舌先で転がすのと同じリズムで陰核をころころと撫で回した。

あまりに強い快楽に思考がどろどろに溶け、もうやめてほしいのにもっとしてほしいような混乱した欲望が全身を支配する。隘路《あいろ》の奥から新たな愛蜜がこぽりと吹《ふ》き零《こぼ》れ、アウレリウスの手指を淫らに濡らす。

子宮の奥がきゅうっと収斂《しゅうれん》し、下腹部全体が愉悦に支配されて苦しいほどだ。

「あ、や、だめ、あ、なにか……なにか……くる……っ」

「達きそうなのか――このまま達ってごらん」

アウレリウスは指の腹で淫蜜をたっぷりと掬うと尖り切った花芯にあてがい、追い立てるように速度を上げて擦り上げてきた。せつなく重苦しい喜悦が押し寄せ、イェルダは腰をがくがくと震わせながら甘く啜り泣く。

「あ、あ、だめ、あ、だめ、だめ、だめぇっ」

爪先に力がこもり、熱い快楽の高波が意識を攫《さら》っていく。大きく背中が仰け反った。全身が強張る。

「や、やぁ、あぁ、いやぁあああぁぁあ――……っ」

何かの限界に達し、イェルダは長く尾を引く嬌声《きょうせい》を上げた。

長いような短い絶頂の一瞬、官能の悦びだけが肉体を支配した。

「……は、はあ、はぁ……ぁ……」

すぐに力が抜け、イェルダは浅い呼吸を繰り返しながらぼんやりとアウレリウスを見上げた。まだ自分の身に起こったことが理解できない。

触れられた秘玉はまだじんじん痺れ、あんなに感じたのに媚肉は物足りなそうにひくついている。

アウレリウスはおもむろに身を起こし、満足げにイェルダを見つめる。

「達ってしまったね？」

「い、く……？」

「気持ち悦さの限界に達することだ」

アウレリウスが素早く衣服を脱いだ。

薄明かりの中に、引き締まった肉体が浮かび上がる。全身に残る傷跡も、美しい彫り物のように見えた。しかし、彼の下腹部に反り返る男の欲望を目にした途端、息が止まりそうになった。

滾《たぎ》った肉茎は、禍々《まがまが》しいほど巨大だった。赤黒く屹立《きつりつ》し、太い血管が肉胴に幾つも浮いてびくびく脈動している。白皙のアウレリウスの外見からは、想像もつかないほど荒ぶる肉塊だった。

「――」

声を失っているイェルダに、アウレリウスがゆっくりと覆《おお》い被《かぶ》さってくる。

「今度は私を受け入れてもらう。いいね？」

イェルダは生唾を呑み、コクリとうなずいた。

肉体が重なる。

アウレリウスの右手が、濡れそぼったイェルダの淫部に伸ばされ、綻んだ花弁のあわいにそっと中指を差し込んできた。

「ひ――」

ごつごつした男の指の違和感に身を竦ませる。だが濡れているせいか、存外するりと受け入れた。アウレリウスの指が、隘路を探るようにじりじりと奥へ進んでくる。

「狭いな」

指が二本に増やされ、ぐにぐにと隘路を押し広げていく。

「ん、ん――」

胎内を異物で掻き回される違和感に、イェルダは目を瞑って耐える。アウレリウスの指が膣内をゆっくりと往復する。ひくついて熱をもっていた濡れ襞《ひだ》を指で擦られると、違和感はじんわりした快感にすり替わる。

「んぁ、あ、あ、ぁあ……」

くちゅくちゅと猥りがましい粘つく音が次第に大きくなり、新たに滲《にじ》み出る愛液で指の動きがどんどん滑らかになる。

「痛いか?」

途中でアウレリウスが気遣わしげに聞いてきた。

「い、いえ……大丈夫、です」

「中がひくひくして、私の指を引き込む——感じているんだね」

さらに蜜壺の奥まで指が押し入り、子宮口の少し手前あたりの膨れた肉壁をぐっと押し上げると、糖蜜のような快感が滲み出た。

「あっ、あ、そこ——っ」

「ここが悦いのだね」

アウレリウスが探り当てた初心な性感帯をぐっぐっと押し上げる。

「んあぁ、あ、あ、やっあ」

尿意を我慢するときのような、不可思議な痺れが走る。

「よく濡れてきた」

アウレリウスが指を引き抜き、右足をイェルダの両足の間に押し入れ、左右に開かせた。

「力を抜きなさい」

そう声をかけながら、アウレリウスは濡れた花びらを指で押し広げた。そこに、灼熱《しゃくねつ》の肉塊が押し当てられた。傘の開いた丸い先端が、蜜口から侵入してこようとした。その恐ろしいほどの大きさと熱量に、イェルダは思わず腰を引いてしまう。

「あっ、あっ、いやぁ」

「逃げないで」

アウレリウスの左手が背中に回り、引き寄せた。

彼は溢れる甘露を先端にぬめぬめと擦り付け、それで蜜口の浅瀬を行き来した。心地よさに緊張が少しほぐれる。

「んぁ、あ、はぁ……」

甘い鼻声が漏れ始めると、アウレリウスの欲望がじりじりと挿入ってきた。

「あ、つ――っ」

大きな塊が隘路をきりきりと押し開いて、侵入してきた。

「あ、あ、や、あ――」

内側から押し広げられる苦痛と違和感に、イェルダは目を見開いた。思わず全身を強張らせてしまう。

アウレリウスが苦しげに息を乱した。

「っ――イェルダ、そんなに力を入れては押し出されてしまう。力を抜いてくれ」

「あ、あ、でも、わ、わからない……」

自分の身体なのに、どこをどうしたらいいのか見当もつかない。あんな大きいものを、受け入れられるものなのか。苦しいし痛いし少し怖い。でもアウレリウスと夫婦として結ばれたい気持ちの方がより強かった。

「キスを――イェルダ、舌をくれ」

アウレリウスの端整な顔が寄せられる。長い髪がカーテンのようにイェルダの顔を覆う。言われるままに、おずおずと赤い舌を差し出す。

やにわに、噛《か》み付《つ》くような口づけを仕掛けられた。痛みを覚えるほど強く舌を吸い上げられ、一瞬頭が真っ白になる。

直後、アウレリウスがずん、と強く腰を進め、一気に最奥まで貫かれた。

「っ――ん――――っ」

イェルダはその衝撃に目を見開いた。激痛の後、みっしりとした圧迫感で息も止まりそうだ。

「っ――」

アウレリウスはイェルダの舌を深く搦め捕ったまま、短く呻《うめ》き、さらに腰を押し沈めた。ぎちぎちと先端が最奥を切り開き、行き着いた先で動きを止めた。

アウレリウスはイェルダの唇を解放し、大きく息を吐いた。

「全部、挿入《はい》ったぞ」

「あ、あ、あ……」

隘路を隙間なくアウレリウスの欲望で埋め尽くされ、イェルダはせつなくて苦しくて呼吸もできない。身じろぐと、胎内にありありと熱い剛直の存在を感じた。灼けつくような痛みを感じたが、密《ひそ》やかな達成感もあった。

「これで私たちは夫婦になった」

アウレリウスの低い声がかすかに震えている。

「……嬉しい……」

イェルダは涙声になった。ここに来た当初は、手厳しく拒まれたのに、こうして結ばれることができた。感動に苦しさも痛みも薄れていくような気がした。

「動くぞ。私にしっかり掴まって」

「は、はい」

両手でアウレリウスの背中に縋《すが》り付く。

アウレリウスがゆっくりと抽挿を始める。

「あ、あ、あ……」

太茎が処女腟を擦り上げ突き上げる感覚は、灼けつくように熱く衝撃的だった。

「あなたの中、熱くてよく締まる――蕩けるようだ」

アウレリウスは感じ入った声を漏らし、ゆったりとした動きで抜き差しを繰り返す。

「ふ、く、ぁ、あぁ」

揺さぶられるたびに灼熱の楔《くさび》が内臓まで突き上げるような錯覚に陥り、ぎりぎりとアウレリウスの背中に爪を立てて堪えた。

だが、次第に疼痛《とうつう》よりも内壁が熱く燃え上がるような感覚が大きくなってきた。同時に、重苦しいような快感がじわじわ迫《せ》り上がってくる。

「は、ぁ、はぁ、あぁ、あ」

四肢が甘く痺れ、つつかれるたびに媚肉がひくひくおののき、どうにかなってしまいそうだ。力強く揺さぶられると意識が飛びそうになり、思わずアウレリウスの背中に爪を立てていた。

「は、はぁ、あ、あぁあ」

ぬぷぬぷと熱い怒張が濡れた媚壁を何度も擦り上げていく。その度に、艶めかしい疼きが全身を甘く駆け巡る。それは、秘玉をいじられて与えられた瞬間的な鋭い喜悦とは違い、時間と共にじわじわと増幅していく快楽であった。

「中が絡み付いてくる——たまらないな」

アウレリウスが息を乱し、酩酊《めいてい》したような声を漏らす。自身を律し冷静な大人だと思っていた彼が、ぽたぽたと汗を滴らせ息を荒がせている。そのギャップに胸がきゅんと甘く震える。

自分の中でアウレリウスが心地よくなっているのだと思うと、同じ感覚を共有している悦びに身体が昂《たかぶ》る。

「んんぁあ、あ、あぁ、公爵さ、まぁ……」

「いい声が出てきた——感じているのか、イェルダ？」

「熱くて、なか、あ、へんに……あ、ぁぁ、公爵様……」

「名前を呼んでくれ、イェルダ」

アウレリウスはイェルダの両足を抱え込み大きく足を開かせ、さらに深く穿《うが》ってきた。ずんずんと最奥を突き上げられ、重く熱い愉悦が弾け、甲高い嬌声を上げてしまう。

「ひあっ、あ、すご……い、あ、あ、アウレリス様……っ」

「ああそうだ、イェルダ、もっと呼べ」

「アウレリウス様、アウレリウス様ぁ」

「イェルダ、私のイェルダ、全部、私のものだ」

彼の剛直が、イェルダの感じやすい天井部分を擦り上げ、そこがさらに快楽を求めるようにぷっくり膨れていく。さらに狙いすましてそこを突き上げられると、目の前がチカチカして、もう何も考えられなくなる。

「うく、ひ、あ、あ、だめ、あ、そこ、あ、だめぇ、あぁ、あぁ……」

官能の悦楽に落とし込まれ、眦《まなじり》から生理的な涙がつうっと零れ落ちる。

アウレリウスはその涙を吸い上げ、火照ったイェルダの顔中に口づけの雨を降らせた。

「はあ――悦い、堪らない、イェルダ――っ」

アウレリウスも官能の興奮に飲み込まれ、熱く膨れ上がった滾りで、濡れて震えるイェルダの肉洞を突き上げては引き摺り出し、欲望のままに掻き回す。

「……はぁっ、は、はぁ、あ、あ、も、あぁっぁ」

下肢全体から激しい喜悦が込み上げ、イェルダは身悶えた。

感じ入るたびに、きゅうきゅうと淫らに収縮する濡れ襞が、太竿《ざお》の根元を咥え込んで離さない。

「は、はあ――」

「んぁあ、はぁ、あぁぁん……あん……っ」

二人の獣のような息遣いと、喘《あえ》ぎ声、粘膜の打ち当たるくぐもった音、そしてぐちゅぐちゅと卑猥な水音が、渾然一体《こんぜんいったい》となって寝室の中に響き渡る。

「ぁ、あぁあ、は、はぁ……ん」

とめどない愉悦に身を任せ、イェルダはいつしかアウレリウスの律動に合わせて揺く腰を揺らし始める。

アウレリウスの腰使いがさらに速くなった。

「ああ――終わるぞ、イェルダ、あなたの中に出すぞ――」

彼が掠れた声で呻いた。

どくん、とアウレリウスの肉茎が絶頂にうねる蜜孔の中で大きく震えた。

「あ、ぁ、あ、んんっ、んん――っ」

得も言われぬ悦びが、子宮から脳芯まで貫く。腰がびくびくと痙攣《けいれん》した。

アウレリウスがぶるりと胴震いした。刹那、どくどくと熱い滾りの奔流が、快感に収斂する濡れ襞の狭間に吐き出される。

「……は、あ、ぁあ、あ……」

アウレリウスは二度、三度と力強く腰を打ちつけ、白濁の欲望の残滓《ざんし》を一滴残らずイェルダの胎内へ注ぎ込んだ。

全てを出し尽くしたアウレリウスは、イェルダにぴったりと覆い被さったまま大きく息を吐いた。

「……ぁあ、あ、ぁあ……はぁぁ……」

イェルダはぐったりとシーツの上に身を沈めた。

放心状態だ。

夫婦の営みが、こんなにも熱く激しいものだとは思いもしなかった。

男女の行為は痛くて苦しいだけだろうと予想していたのに、いつの間にか淫らな快感に翻弄されてしまった。

アウレリウスは汗ばんだ顔を起こし、イェルダの頬に優しく唇を押し当てた。

「あなたの中、とても気持ち悦くて――途中で理性を失ってしまった。ひどくしてしまったろうか？」

熱に浮かされたような声だが、出会ってからこれほど気遣ってくれたことはない。心臓がとくんとくんと高鳴ってしまう。

「い、いいえ……無事、おつとめが果たせて、嬉しいです」

アウレリウスが目を細めた。

「あなたはとても――」

彼は口ごもる。

終わりまで言わず、ただぎゅっと抱きしめてきた。

快楽の名残にぴくぴく収縮する媚肉の中にアウレリウスの存在を感じ、イェルダはやり遂げた達成感が甘く全身に広がっていくのを感じていた。

ほどなく意識が薄らいで、イェルダは深い眠りの底に落ちていった――。


『待て、フェリクス、深追いするな！』

先陣を切って馬で敵に突入していくフェリクスの後を、アウレリウスは必死に追った。

『ここで手柄を立てれば、祖国の英雄だぞ、アウレリウス！』

フェリクスは肩越しに高揚した顔を振り向けた。

その直後、塹壕《ざんごう》の中から潜んでいた敵兵が大勢出現した。アウレリウスは声をかぎりに叫んだ。

『フェリクス、敵の罠《わな》だ！』

フェリクスはハッとして手綱を引く。

わあっと鬨《とき》の声《こえ》を上げ、敵兵たちが槍《やり》を構えて襲いかかってきた。

『フェリクス！　危ないっ』

アウレリウスは咄嗟にフェリクスの前に飛び出した。敵の流れ矢が、アウレリウスの馬の前足を貫いた。馬は悲鳴を上げて後ろ足で立ち上がった。

『！』

アウレリウスは馬から投げ出され、どうっと地面に倒れた。そのまま、敵の塹壕の中に転げ落ちてしまった。

『う、くそ――』

起きあがろうとしたが、敵兵たちが眼前に迫ってくる。

『フェリクス、馬を――助けてくれ！』

塹壕を這《は》い上がろうとしながら、必死でフェリクスを呼んだ。

だが――。

アウレリウスの目に映ったのは、馬首を返してそのまま一目散に逃げ去る親友の姿だった。

『フェリクス！　待ってくれて、フェリクス！』

アウレリウスは悲痛な声で叫んだ。

『敵の騎士だ。身分が高そうだぞ、捕らえろ！』

敵兵たちがアウレリウスに襲いかかり、よってたかって泥の中に押さえ込んでくる。

『――フェリクス――――っ』

アウレリウスは愕然《がくぜん》として、頭の中が真っ白になってしまった。


ああこれは、毎晩のように見るいつもの悪夢だ。

そうアウレリウスは夢の中で思う。

この後は、真っ暗な奈落に落ちていくのだ。そして、敵兵たちから地獄の責め苦を味わう。

絶望と苦痛と恐怖――壮絶な記憶がアウレリウスを苛《さいな》む。

いつも、呻きながら目を覚ます。

しかし――今夜の悪夢は違った。

奈落に落ちそうになる瞬間、どこからか明るい光が射《さ》し込んできたのだ。

鈴を振るような美しい歌声が聞こえくる。

『来る朝ごとに　まぶしい朝日を受けて　神の光を心に感じ　慈しみを　新たに悟る　この朝も』

そして、金色の光に包まれた美しい乙女が、天から降りてくるのが見えた。

天使が現れた――。

アウレリウスは救いを求めるように、泥だらけの両手を差し伸べる。

天使は優しく微笑みながら、その両手を握ってくれた。

アウレリウスは心からほっとし、笑みを返す。

天使がささやきかける。

『公爵様』


そこで、目が覚めた。

「――」

アウレリウスはぼんやりと目を開いた。

厚いカーテンを下ろした窓の外から、小鳥の囀《さえず》りがかすかに聞こえてくる。

胸元でなにか柔らかいものがもぞもぞと動いた。

「ん……」

イェルダがアウレリウスの胸に顔を押し付けて眠っていた。彼女の右手がアウレリウスの右手をしっかりと握っている。二人とも、生まれたままの姿だ。

そうだ――昨夜、イェルダと初夜を迎えたのだった。

アウレリウスはじっとイェルダのあどけない寝顔を見つめた。

夢の中の天使はイェルダによく似ていた。

悪夢の中で目を覚まさなかったのは、十年ぶりかもしれない。

こんな安らかな寝起きも久しぶりだ。

アウレリウスは不思議な気持ちになった。

王命で不承不承受け入れた結婚のはずだった。

相手は、身分はよいが零落した家の、負債に苦しんでいるという伯爵令嬢だ。悪評高い「幽霊公爵」の元に、喜んで嫁いでくる娘などいるはずがない。金目当てに、相手もしぶしぶ結婚に承諾したのだろうと思い込んでいた。

だが、現れたのは明朗で健気で無邪気な乙女だった。

恐れることなくアウレリウスの心に踏み込んでこようとする。

最初の煩わしさはすぐに消え失せ、今は彼女に魅せられている。

この十年、他人に対し固く心を閉ざして生きてきたのに、イェルダはほんの二、三日でアウレリウスの気持ちを捕らえてしまった。

だが、つまらないプライドから、王命で跡継ぎをなすためだからとイェルダに言い含め、抱いてしまった。

だが、本心は彼女が欲しくて堪らなかったのだ。

無垢《むく》な身体を隅々まで愛《め》でて、快楽を教え込み、甘く啼《な》かせたかった。

こんなに誰かを欲しいと思ったことは、かつてあったろうか。

アウレリウスは、ずっと自分を悩ませていた甘酸っぱい気持ちがなんであるか、ようやく理解した。

恋に落ちたのだ——華奢で頼りなさげなのに、しなやかで強く明るい心を持つこの娘に。

だがその自覚は、ますますアウレリウスを混乱させるばかりだった。

第二章　結婚から始まる恋

イェルダが目覚めた時には、陽《ひ》はすでに高く登っていた。

「……公爵様？」

見回したが、広いベッドの中に一人きりで寝ていた。もうアウレリウスは起きているのだろう。

いつの間にか、寝巻き姿になっている。アウレリウスが着せてくれたのか。ぐっすり眠りこけて、何も気が付かなかった。

「そうだ。私、昨夜公爵様と……結ばれたんだ」

腰のあたりに、まだ違和感が残っていた。昨夜の情熱的な交わりを思い出すと、全身がかあっと熱くなる。

股間も乳首も筋肉もひりひりと痛いけれど、充足感があった。

ほんとうの夫婦になったのだ。

お互いの全てを見せ肌を合わせたら、アウレリウスとイェルダの距離がぐっと縮まったような気がする。それに——夫婦の営みは、想像していたよりずっと素晴らしいものだった。

知らず知らず、ニマニマ口元が緩んでしまう。

「あっ、こうしてはいられないわ。急いで支度しないと」

にやけている場合ではなかった。

起き上がって、そそくさと身支度を調える。時計を見たら、もうお昼近い。こんなに寝坊したのは初めてだ。ミカルが起こしにこなかったのだろうか。

急いで食堂に下りていく。おそらくアウレリウスはとっくに食事を済ませてしまったろう。

「おはようございます。ごめんなさい、ミカル、私ったら寝過ごして……」

食堂に飛び込むと、奥の席で新聞を広げているアウレリウスがいた。

彼は新聞から顔を上げると、堅苦しい表情で言う。

「おはよう」

「あ、おはよう、ございます」

ドキマギしてアウレリウスの顔をまともに見られない。

アウレリウスは立ち上がると、自分の席の横の椅子を引いた。

「座りなさい」

「え？　そこにですか？」

昨日まで、一番遠い対面の席だったのに。

アウレリウスはしかつめらしく答える。

「遠いと、会話がしにくい」

イェルダはパッと表情を明るくした。それは、アウレリウスが会話をしたいということだろうか。

「はいっ」

いそいそとすすめられた席に座った。

厨房からミカルが、ワゴンを押して現れる。

「おはようございます、奥様。よくおやすみになりましたか?」

「ミカル、私大寝坊してしまったわ。起こしてくれればよかったのに」

口を尖らせると、ミカルはカップに紅茶を注ぎながら、しれっと答えた。

「旦那様が、奥様はお疲れのようだから好きなだけ寝かせてあげるようにと、ご命令されましたので」

「まあ、公爵様——アウレリウス様が?」

イェルダが名前を呼んだので、ミカルがおやというような顔でアウレリウスを見る。

アウレリウスは新聞に顔を埋めるようにして知らん顔だ。

「お気遣いありがとうございます、アウレリウス様」

ニコニコしながらアウレリウスを見遣ると、彼の白皙の頬がわずかに赤らんだ。

「私のせいで、疲れさせたからな」

ミカルがますます穴があきそうな目でアウレリウスを見た。

食事が二人分並べられた。

「アウレリウス様、お食事はまだだったのですか?」

イエルダの問いに、ミカルが答えた。

「奥様がおいでになるまで、待つと申しまして」

アウレリウスが咳払《せきばら》いした。

「いいから、パンをよこせ」

「はい、どうぞ」

イエルダはパンの入った籠を手に取りアウレリウスに差し出した。

「うむ――」

アウレリウスが手を伸ばすと、かすかにイェルダの指に触れた。

「あ」「っ」

二人は同時に慌てて手を引いた。籠をテーブルの上に取り落としてしまう。

「す、すみません」

「いや――」

ミカルが素早くパン籠を拾い上げた。

「どうぞ、旦那様」

「──ああ」

ぎこちない空気が二人の間に漂う。

アウレリウスはイェルダと視線を合わせないようにしている。でもそれは、嫌悪されているという雰囲気ではない。照れくさいような、擽ったいような感じだ。

まさか──アウレリウスが照れたりするはずはない。

イェルダはいつも通り話そうと、気を取り直す。アウレリウスにさりげなく話しかける。

「あの、アウレリウス様。午後から二階のカーテンを付け替えたいのです。でも庭師のデニスは、今日は庭道具の買い付けに行くと言っていたから頼めないの。何人か手伝い人を雇えないかしら？」

「他人は屋敷に入れない。生活を乱されたくない。ばたばたして落ち着かないからな」

アウレリウスは固茹《かたゆ》で卵の先をナイフで切り取りながら、無愛想に答えた。昨日の固茹で卵が気に入ったようだ。

「そうですか……わかりました。ミカルと二人でなんとかします」

イェルダはしゅんとした。隣の席の椅子を引いてくれた時には気安くなったと一瞬思ったのに、勘違いだったようだ。

先に食事を終えたアウレリウスは、立ち上がりながら言う。

「あなたの好きなようにしていいが、私の書斎には立ち入らないでくれ。では、行く」

アウレリウスはさっさと出て行ってしまった。つれないことこの上ない。

「せっかく少し心を許してもらえたと思ったのに……」

イェルダが口の中でつぶやくと、

「仲良くなられたのですね？　今朝方、旦那様が奥様の寝室から出て来られるところを見ました」

ミカルが顔を綻ばせた。

「ち、違うわ、な、仲良くなんて……っ」

イェルダは真っ赤になって両手をぶんぶん振った。ミカルはニコニコするばかりだ。

午後、ミカルと二人で二階のカーテンの交換に取り掛かった。

ミカルが脚立を上り、古いカーテンを外してイェルダが手渡す新しいカーテンに付け替えていく。

途中で、ミカルが作業を止め腰をとんとんと叩いて顔を顰めた。

「あいたた――歳を取ると、どうも腰が悪くなっていけません」

「まあ、いけないわ。ミカル、私が代わるから、あなたはカーテンを渡してちょうだい」

イェルダはスカートの裾を腰のベルトに挟み込むと、脚立をゆっくりと上がった。

「奥様、そのような危ないことはなりませぬ。私が――」

ミカルが止めようとしたが、イェルダは手を伸ばしてカーテンを外しにかかる。

「平気平気。あなたの腰の方が大事よ。さあ、外れた。新しいカーテンちょうだい」

「申し訳ありません。奥様」

ミカルは申し訳なさそうに、カーテンを手渡した。

二人でせっせと作業に励み、廊下の一番端の窓までたどり着く。

「さあ、高いところはもうこれだけだわ。頑張りましょう」

イェルダも背中や腰がピキピキ痛んできたが、笑顔を作って脚立に登り始めた。

その時、足元が滑って段を踏み外してしまった。バランスを崩し、背中から落ちそうになった。ぐらりと身体が傾く。

「きゃあっ」

一瞬、宙に浮いたよう気がした。直後、ふわりとなにかに受け止められた。咄嗟に目を瞑ってしまったので、何が起こったかわからない。おそるおそる目を開く。

「あ……？」

アウレリウスの腕に横抱きにされていた。彼は怒ったような顔でぎろりと睨んだ。

「無茶《むちゃ》をするな。床に叩《たた》き付けられるところだったぞ」

「ご、ごめんなさい……あと少しだから焦ったのかもしれません」

ミカルがアウレリウスを非難めいた眼差しで見る。

「旦那様もお人が悪い。物陰から覗いているくらいなら、手助けしてくださってもようございましょうに。年寄りとか弱い女性ばかり働かせて――」

「たまたま書斎を出たら、お前たちが見えただけだ」

アウレリウスは少しムキになって言い返す。彼はイェルダを床にそっと下ろすと、さっさと脚立を上っていった。

「あ、アウレリウス様？」

アウレリウスは手早く古いカーテンを外すと、

「新しいのをよこせ」

と、手を差し伸べた。

「は、はい」

思わず新しいカーテンを手渡した。

「女や年寄りをこき使う無慈悲な男に思われては心外だ」

アウレリウスは器用にカーテンを付け替え、軽々と脚立を下りてきた。

イェルダは咄嗟とはいえ、アウレリウスが手伝ってくれたことが心から嬉しい。

「ありがとうございますっ」

「これで終わりか？」

「あと……アウレリウス様の書斎だけ――」

「そこは立ち入るな。次は何をするつもりだ？」

「ええと――窓を磨きたいのと、黄ばんだり剥がれたりしている壁紙を新しく貼り替えるのと、毛羽だった絨毯を取り替えることと、シャンデリアの蜘蛛《くも》の巣を払うのと、物置になっている奥のホールを片付けて――」

　アウレリウスが顔を顰める。

「そんなにあるのか。屋敷の者たちだけで全部やるつもりか」

「時間をかければ、いつかは終わります」

「そのたびに、私はあなたが落ちたり怪我したりを気遣うのか？」

「でも――したいんです。ここはもう自分の家ですもの。住みよくしたいの」

　イエルダはうるうるとした目でアウレリウスを見上げる。

「――」

　アウレリウスは腕組みして苦虫を噛《か》み潰《つぶ》したような顔をしていたが、やがてはあっと大きくため息をついた。

「わかった――手伝い人を雇うがいい」

　イエルダはパッと顔を綻ばせた。

「いいのですか？」

「プロに任せた方が早くて安心だ。好きにしていいと言ったのは私だ。やむをえまい」

「ああ嬉しい！　よかったわね、ミカル」

「まことに喜ばしいことです。旦那様、おかげで私の腰も無事守られました。もっと早くご決断願えればよかったのですが」

　ミカルが皮肉っぽい口調でアウレリウスに言った。アウレリウスはますます憮然とした表情になる。イェルダはすっかり上機嫌になった。

「ミカル、早速、街で手伝い人を探して雇ってきてちょうだい」

「かしこまりました。ついでに、奥様の身の回りの世話をする侍女も募集しましょう。髪を結ったり化粧をしたり着付けをする者が必要です。奥様が、よりお美しくなられるためですから」

　最後のセリフを、ミカルはアウレリウスに向かって有無を言わさない口調で言う。

　アウレリウスはむすっとして答えた。

「好きにしろ。ただし、私の部屋や書斎にはいっさい立ち入らないでくれ。むやみに騒がしいのもごめんだ。これ以上生活を乱されたくない。いいな？」

「――無駄な抵抗ですな」

　ミカルが口の中でぼそっとつぶやく。

　アウレリウスが凶悪な表情で睨んできた。

「ミカル、何か言ったか？」

「いえなにも」

ウキウキ気分だったイェルダは、二人のやりとりに気が付かないでいた。

「絨毯はカーテンの色に合わせて、毛足の短い緑系のものがいいわ。ミカル、街で絨毯屋からカタログをもらってきてちょうだいね。片付けたホールは、何に使おうかしら――新しい絵画を壁に飾るのも素敵だし」

ヨハンセン家の屋敷は、借財のために家具も美術品も売り払ってしまい、ひどく殺風景になっていた。幼い頃の記憶にあるヨハンセン家の屋敷はとても住み心地がよかった。

この屋敷を、あの頃の実家のように明るく素敵なものにしたい――イェルダはそう願った。

その晩、イェルダは母と弟のヴィクトルに手紙をしたためた。

毎日ハンメルト家で楽しく暮らしていると書《か》き綴《つづ》る。

『旦那様もとてもよくしてくださいます』

そう最後に書き加えた。

「旦那様」という単語を使うと、むしょうにドキドキしてしまう。少しずつ、夫婦らしくなっていくようで、胸の中に熱く甘い感情が満ちていくのを止められないでいた。

翌日――。
ミカルが街で雇ってきた手伝い人の男たちが数名、屋敷に案内されてきた。

玄関ホールに集まった彼らは、一様に怯えた表情をしている。ひそひそと耳打ちし合う。

「ここが噂の幽霊屋敷だぜ」「バケモンに取《と》り憑《つ》かれたりしねえか」「夜な夜な恐ろしい叫び声を出す幽霊だろう?」「給金がいいから来たものの、やっぱりおっかねえ」

「皆さん、よく来てくれました。よろしくお願いしますね」

朗らかな声で、イェルダが玄関ホールに繋《つな》がる階段を下りてきた。今日は花模様の散った明るい黄色いドレスを着ている。

男たちがハッと目を奪われた。

玄関ロビーに辿り着いたイェルダは、笑顔を浮かべた。

「私がこの屋敷の女主人のイェルダです。今日は窓拭きと、不用品の運び出しをお願いします。主人が二階でお仕事をしておりますので、できるだけ物音は立てないように。お昼とお茶の時間には、我が家のコックが腕を振るった美味しい料理をお出しします。楽しみにしていてくださいね。指示は私と執事長がしますので、わからないことはなんでも聞いてくださいさい」

イェルダの周りだけ光に包まれたように華やいで見えた。

男たちは居住まいを正す。そして、口々に挨拶した。

「奥様、よろしくお願いいいます」「何でも命じてください」「お任せください、奥様」

イェルダはさらに満面の笑みになる。

「さあ、始めましょう」

アウレリウスは、書斎で書き物をしながら階下の物音に耳をそば立てた。

いくら静かにしてくれと命じても、作業の音は否応《いやおう》なしに出てしまう。

男たちの足音や掛け声などが屋敷に響く。

しかし、なぜか耳障りではなかった。

それどころか、心地よい活気を感じる。

この屋敷に他人が入り込んだのは、何年ぶりだろう。それまで、この屋敷の中はアウレリウスの生活と同じく、まったく変わることはなかった。

イェルダがそこに風穴を開けたのだ。

ずっと凍りついていたアウレリウスの感情を、イェルダはゆっくりと溶かしていくような気がした。

アウレリウスは書き終えた書類を揃《そろ》え、ゆっくり椅子から立ち上がる。

書斎の暖炉の上の壁には、騎士時代の剣と勲章が飾ってある。

暖炉の上には小さな肖像画も幾つか置いてあった。アウレリウスが赤子の頃両親と共に描いてもらったもの。士官学校に入学したときに記念に描いてもらったもの——そして。一枚だけ裏返しになっている絵があった。

アウレリウスはその絵を手に取り、表に返す。

軍服姿のアウレリウスと盟友のフェリクスが並んで描かれてあった。出兵前に、二人で描いてもらったのだ。二人の友情の証として――。

絵を見ると心臓がきりきりと痛んだ。

生涯の親友だと信じていたのに、裏切られた。

あの時の絶望感を思い出すと、胸の中にどす黒い感情が湧き上がる。

「っ――」

アウレリウスは素早く絵を裏返した。


夕刻。一日の作業が終わり、ミカルが玄関ロビーに雇った男たちを一列に並ばせ、日当を手渡していく。当初、『幽霊屋敷』に雇われることを渋る者が多いだろうというミカルの意見を聞き、イェルダは、相場の給金より二割ほど多い金額にさせた。

イェルダは玄関口で帰宅する男たちに、一人一人労《ねぎら》いの言葉をかけた。

「今日はお疲れ様でした」「明日もこの時間に、よろしくお願いします」「気をつけて帰ってくださいね」

来た時は『幽霊屋敷』に腰が引けていた男たちは、帰り際には皆ニコニコ顔になっていた。

「奥様、お昼もお茶もとても美味しかったです」「こんなによい給金で働けるのなら、毎日でも来ますよ」「奥様、また明日」

男たちは気さくに挨拶をして帰っていく。

全員が帰ってしまうと、イェルダはホッと肩で大きく息をした。さすがに、大勢の男たちに一日中指示をするのは気が張ってしまい、急に疲れが出た。だがそれは顔には出さず、ミカルを慰労した。

「ミカルもお疲れ様でした。皆さんよく働いてくれたわ。しばらくは、人の出入りが多いと思うけれど、どうかよろしくね」

ミカルは首を横に振る。

「とんでもございません。お屋敷がこのように生気を取り戻したのは何年ぶりでしょう。私はかつて旦那様が溌剌《はつらつ》となさっていた時代を思い出し、涙が出そうでしたよ」

イェルダはその頃のアウレリウスを知らない。ミカルが涙ぐむほどアウレリウスは変わってしまったのだろうか。胸がずきりと痛む。

それほどまでにアウレリウスの戦争の傷跡は深いのだろう。

何か少しでも、アウレリウスの気を晴らすことはできないだろうかと憂える。

と、ミカルが背後に控えていた十七、八歳くらいの侍女を呼んだ。

「マリールー、こちらへ」

マリールーと呼ばれた侍女が進み出てくる。恰幅《かっぷく》がよく、ふっくらした頬に目がくりくりした愛嬌《あいきょう》のある顔だ。

「奥様、この者が本日より住み込みで、奥様の身の回りの世話をする者です。紹介所では、とても気が利く働き者だという評判でございます」

マリールーは黙ってぺこりと頭を下げた。

「よろしくね、マリールー」

顔を上げたマリールーは顔を赤らめた。まだ無言である。

横からミカルが補足した。

「実は奥様、この娘は生まれながらに言葉が不自由だそうです。それで働き者なのに、なかなか雇ってもらえなかったそうで——しかし、奥様ならそのようなことを気になさらないと思いまして。私の勝手な判断でしたでしょうか？」

イェルダはにっこりした。

「とんでもない。言いたいことは文字に書いてもらえばいいし、普段のイエスノーは首や手を振ってもらえれば充分。私が人一倍おしゃべりでうるさいから、もの静かなマリールーはアウレリウス様のお邪魔にもならないでしょう。年頃も近いし、私も気安いわ。よい人を選んでくれました」

マリールーが目を輝かせた。彼女は自分の豊かな胸を拳でどん、と叩いてみせた。

「お任せください、っていうのね？」

イェルダの言葉に、マリールーはコクコクとうなずく。

「ほら、ね？　ちゃんと通じてるわ」

「そのようですね」

ミカルも笑顔になる。

その後、イェルダはマリールーに指示しながら、湯浴《ゆあ》みや着替え身支度を手伝ってもらった。

ミカルの言う通り、マリールーは飲み込みが早くテキパキと働く。

夜のドレスに着替えてから、髪をマリールーに結ってもらうことにした。

マリールーは、ポンパドール風の前髪をふわりと後ろに結い上げるスタイルに結ってくれた。

それまでは前髪を下ろした少し幼い髪型だったのだ。顔周りがスッキリし、いつもと違ったクールな雰囲気になった。

「まあ素敵ね。とても気に入ったわ。これからこの髪型にしてちょうだい」

イェルダの言葉にマリールーはニコニコしながらうなずく。

食堂に降りていくと、先に席について待ち受けていたアウレリウスがこちらを見て、ハッとしたような表情になった。まじまじと見てくる。

「お待たせしました。あの——なにか、変ですか？」

アウレリウスは目を瞬いて立ち上がり、自分の隣の椅子を引く。

「いや——ずいぶん大人びた雰囲気で、驚いた」

椅子に腰を落としながら、イェルダは頬を染める。

「新しい侍女の子が結ってくれたの。似合います？」

アウレリウスは自分の席に戻ると、ナプキンを広げながら小声で答えた。

「うむ」

そっけない答えに、イェルダは思わず聞き返す。

「それって、似合っていないってことですか？」

アウレリウスの目元がわずかに赤く染まる。

「いや――素敵だ」

「でしょう？　ああ、今日はいっぱい働いて、お腹が空きました。いただきます」

晩餐の間、イェルダはアウレリウスに今日屋敷で起こったことを饒舌《じょうぜつ》に語って聞かせた。

「窓が全部ピカピカになって、日当たりがとてもよくなりました。これでカーテンの色がいっそう映えるわ」「新しい絨毯は来週に届く予定です。その前に床磨きをしようと思います」「奥のホールに山積みしてあった不用品の中に、古いオルガンがあったんです。まだ使えそうなので修理に出していいかしら？」「お手伝いの人たちには、お昼に出した羊肉のソテーのサンドイッチが大好評でした。やっぱり、お肉は人気ですね」

アウレリウスは、「そうか」とか「なるほど」とか、言葉少なに相槌《あいづち》を打つ。だからと言って、煩わしそうではない。

初めて食事を共にした時は、完全に無言だったのだ。それに比べたら、相槌を打ってくれる

だけでも大進歩だし、他愛《たあい》もないおしゃべりに根気よく付き合ってくれるのが嬉しい。

　食後のコーヒーを飲みながら、イェルダは明日の予定を語った。

「私、デニスに手伝ってもらって、お庭で家庭菜園を始めたいんです。明日は街で、種や苗を見て回ろうと思うの」

「家庭菜園？」

「採れ立てのお野菜や果物はとても美味しいんですよ。ブルーノにお料理してもらうのもいいし。実家では貧窮していたら、やむなく庭で野菜を育てたのですけれど、これがやってみると意外に楽しくて」

「そうか」

「そのうち、アウレリウス様もお庭に出て、一緒に菜園作りをやりませんか？」

「私は外に出ない」

　にべもない言い方にも少し慣れてきた。

「たまにはお日様に当たらないと、骨が弱ってしまうそうですよ。足腰が立たなくなったらどうしますか？」

「室内で鍛えているから心配無用だ」

　アウレリウスはそっけなく答え、ナプキンを畳んで立ち上がった。

「私はまだ書類作りが残っているので、書斎に行く」

「お仕事、ご苦労様です。後でなにかコーヒーでもお持ちしますか？」

「いや、書斎に立ち入らないくれ」

「そうですか――」

書斎はアウレリウスの聖域なのかもしれない。イェルダはまだまだ他所者扱いなのだ。

踵《きびす》を返そうとしたアウレリウスがぴたりと足を止め、ゆっくり振り返った。

「その――寝室で待っていなさい」

声のトーンが低い。今夜も夫婦の営みをすると言っているのだと気がつき、

「あっ、はいっ」

イェルダは顔を赤くして答えた。

「では――」

そのままアウレリウスは歩き去っていく。

彼の背中が少しだけ寛容な雰囲気になっているようだ。

拒まれていない、と感じるだけでイェルダは心がほっこりと温かくなる。

その晩――アウレリウスはイェルダを終始丁重に抱いた。

閨では、普段の彼よりずっと優しい。官能の陶酔のせいなのかもしれないけれど、大事に扱われている気がして、恥ずかしいけれど嬉しいし、なにより気持ち悦い。

夫婦の営みにハマってしまいそうだ。

翌日、イェルダはミカルとマリールーをお供に、辻馬車で街に出た。

農具や畑用の種や苗を専門に扱っている店に入り、いろいろ吟味する。

「育てやすいのはジャガイモなの。でも、キュウリやトマトも育ててみたいわ。収穫祭のお祭りのためのカボチャを育てるのも楽しそう」

苗や種をたくさん買い込み、マリールーとミカルに荷物を持たせて店を出ようとした時だ。

店の前で数人の若い女性たちが連れ立って、こちらをジロジロと見ていた。

派手に着飾っている。

「あの人でしょう？」「例の『幽霊公爵』様の奥様になったという方は」「王都からわざわざこんな辺境街に来るなんて、物好きね」

ミカルがイェルダにそっと耳打ちした。

「この街の貴族のご令嬢方です。王都から来られた奥様が物珍しいのでしょう。少し口さがないところがあるようです」

中でもひときわ美人の令嬢が、聞こえよがしに言った。

「なんでも、お家が落ちぶれて、お金目当てに公爵様に嫁いだということよ。都落ち、ということかしら。お気の毒ねえ」

ミカルとマリールーが顔色を変えた。イェルダは二人に落ち着くように目で合図すると、するすると店の外に出ていった。

　そして、にこやかに令嬢たちに挨拶した。

「ごきげんよう、皆様。初めまして。ハンメルト公爵に嫁ぎましたイェルダといいます。お見知り置きを」

　臆さないイェルダの態度に、令嬢たちは少し気を飲まれる。美人の令嬢が取ってつけたような笑みを浮かべた。

「こちらこそよろしく。私はオルソン男爵の長女のエマと申します。ハンメルト夫人は王都出身とうかがっていますわ。ぜひ今度、都会の最新流行のファッションのお話とか聞かせてくださいな」

「え、ええ……」

　イェルダの実家が没落していると知っていて、皮肉を言っているのだ。

「あらそうだわ」

　エマは手提げ袋から一通のカードを取り出した。

「来月、うちのお屋敷で舞踏会を開きますの。ぜひ、奥様にもおいで願いたいわ。これ、招待状です」

　イェルダは招待状を受け取り、少し戸惑う。これまで貧しくて、社交界デビューもできず、ましてや舞踏会など満足に出たこともない。その戸惑いが顔に出たのだろうか、エマが意地悪い笑顔になる。

「王都ではポルカに代わって、ワルツが大流行と聞いていますわ」

「ワルツ、ですか？」

ダンスなどまともに踊ったことはない。イェルダが怖気付いたのを感じたのか、エマは嵩《かさ》にかかって言い募る。

「ぜひ、奥様にワルツを披露していただきたいわ。ねえ、皆さん、都会の正統なダンスを見たいでしょう？」

エマの言葉に、他の令嬢たちも相槌を打った。

「ぜひ拝見したいわ」「おいでになるのを楽しみにしています」

「え、ええ……」

イェルダは笑顔を取り繕うしかなかった。

「奥様、そろそろ他の店に参りましょう」

ミカルが助け舟を出してくれた。

「そ、そうね。皆さん、これで失礼します」

イェルダはミカルとマリールーを連れて、その場を離れた。

イェルダの後ろに従いながら、ミカルは憤懣《ふんまん》やる方ないように言った。

「奥様、気になさることはありません。彼女たちは、王都からおいでの奥様にコンプレックスがあるのですよ。それで意地の悪いことを言うのです。舞踏会は夫婦同伴で行くのが常識です。旦那様が外にお出にならないとわかっていて招待状を渡すなど、奥様に恥をかかせようとしているのです。ほんとうに腹が立ちます」

「そうなのね。でも、気にしないわ。だって私、本当にダンスなんてできないのだもの。あの御令嬢たちの方が、よほど洗練されて綺麗で都会的だわ」

苦笑しながら答えると、マリールーは鼻息を荒くして何か言いたそうに手を振った。

「奥様の方が何倍もお綺麗です、とマリールーが言っておりますぞ」

ミカルの言葉にマリールーがこくこくと何度もうなずいた。

「ふふっ、ありがとう二人とも」

笑って受け答えしたものの、人嫌いのアウレリウスはこれからもずっと世間と交わらずに生きていくのかと思うと、胸が痛んだ。

屋敷に戻ると、ちょうどアウレリウスが二階から降りてくるところだった。

「まあ、お出迎え嬉しいわ。アウレリウス様」

イエルダが顔を輝かせると、アウレリウスは憮然として答えた。

「国境警備隊から伝書鳩《でんしょばと》の通知が届いたので、新たな命令を書いて出そうと思っていただけだ」

彼は手にした小型通信筒をミカルに手渡した。

「これを庭師のデニスに渡してくれ。急ぎ、国境警備隊へ鳩《はと》を飛ばすようにと」

「承知しました」

ミカルは急ぎ足で庭に出ていった。その背中を見送ってから、イェルダはアウレリウスに顔を振り向けた。

「国境警備隊への命令、ですか？」

「ベラーネク帝国との国境線は警備を特に厳しくさせている。二度と侵略戦争を起こさないために、私は常に領地の警戒を怠らないようにしているんだ」

そう語るアウレリウスの横顔は、強い決意に満ちていた。

「——そうなのですね」

イェルダはアウレリウスをじっと見つめ、しみじみ感じた。

（このお方は、決して隠遁して無気力な『幽霊公爵』ではないのだわ。それどころか、胸の奥には祖国を思う熱く強い気持ちをお持ちだわ）

イェルダはふと、「騎士様」のことを思い出した。あの方も祖国を守るために戦いに行って、おそらく——命を落としてしまったのだろう。もう二度と会えないのだ——心がぎゅっと掴まれたように痛む。アウレリウスの気持ちは、イェルダによく理解できた。

アウレリウスはイェルダの視線に気がつき、眉を顰めた。

「何をジロジロ見ている？」

「あ……」

イェルダは顔を赤らめ、思わず答えていた。

「素敵だなあ、と思って」

「な――っ？」

アウレリウスの耳朶が薄く染まった。

「藪《やぶ》から棒《ぼう》に何を言っているっ」

「だって、祖国愛に燃えるアウレリウス様のお気持ち、素晴らしいです。素敵です」

「祖国愛？　――ああ、そうだ、こほん、当然だ」

アウレリウスは咳払いをした。

と、イェルダの傍に控えていたマリールルーがぷっと吹き出した。彼女は声を出さず肩を振るわせている。イェルダは心配になって彼女の背中を撫でようとした。

「マリールルー、どうしたの？　しゃっくりが止まらないの？」

マリールルーは笑顔で首を横に振り、自分は洗濯室にいくと指で指し示し、そそくさとその場を去っていった。

「マリールルー、だいじょうぶかしら……」

アウレリウスが再び咳払いする。

「あの娘はなかなか勘のいいところがあるな。それに比べ、あなたは変に鈍い」

「えっ？　どういう意味ですか？」

「別に――それより、今夜も寝室に行くが、よいか？」

急に耳元で甘くささやかれ、イェルダは顔から火が出そうになった。

「は、はいっ」

「跡継ぎを成すまで、我慢してくれ」

「い、いいえ、我慢なんて――」

イェルダはアウレリウスに気遣いさせまいと、キリッと顔を上げる。

「我慢なんかしていません。アウレリウス様との行為は、とても気持ちよくて、素晴らしいですっ」

「は――？」

アウレリウスが目を丸くする。それから、白皙の顔がみるみる赤くなる。

「そういうところが、鈍いというのだっ」

「え？　どこが？」

「あなたと言う人は――」

突然、背後でくすくすとミカルが笑う声がした。

二人ははっとして言葉を呑み込む。

「も、申し訳ありません。私は晩餐の準備をしてまいります」

ミカルも肩を震わせながら小走りで去ってしまった。

「もう、なにかしら、マリールーもミカルも――」

イエルダがぽかんとしていると、

「ふ――」

一瞬、アウレリウスの顔が笑った。

――ように見えた。

イエルダが二度見すると、彼は乱れていない胸飾りを直すふりをした。そして、柔らかな声で言った。

「では、夜に――」

その晩。湯浴みを済ませ寝巻きに着替えたイエルダは、居間で昼にエマからもらった舞踏会の招待状を開いて眺めていた。

『――ひとときの楽しい夕べを、ぜひご夫婦同伴でおいでください』

「夫婦同伴――」

イエルダは小さくため息をつく。この土地で長く暮らしていくのだから、地元の貴族たちとの交流は必要なことではないだろうか。ましてやハンメルト公爵家は領主であり名士なのだから、妻としては社交的であるべきなのかもしれない。

でも、アウレリウスはきっとそんなことを望んではいないだろう。

オルソン男爵家にはお断りの手紙を送っておこう。

招待状を机の引き出しに締まっていると、突然背後から抱きしめられ、軽く悲鳴を上げてしまった。

「きゃっ……」

「いつまで待っても寝室に来ないではないか。なにをぐずぐずしていた」

耳元でアウレリウスが機嫌の悪そうな声でささやいた。彼からは甘い花の香りの石鹸の匂いがした。待《ま》ち侘《わ》びて、迎えにきたのだろうか。

「あ——ごめんなさい。少し考え事をしていて……」

「考え事?」

アウレリウスが耳の後ろにちゅっと口づけした。擽ったいのに、ゾクゾクと官能の痺れが走る。

「んっ……」

「ほんとうは、私と同衾《どうきん》したくないのではないか?」

彼の濡れた唇が、耳朶から首筋をゆっくり這《は》い降りる。悩ましい感触に、ぴくりと肩が竦む。

「そ、そんなことは、ありません……あっ」

背後から乳房を鷲掴《わしづか》みにされ、節高な指先が薄い寝巻き越しに乳首をまさぐってきたのだ。

「そうか?」

アウレリウスが探り当てた乳首の先端をきゅうっと摘み上げた。

「あ、んっ……い、今、寝室にまいります、から……」

「では、ここでしてもかまわないのだな？」

言いながら、アウレリウスは指先を小刻みに揺らして乳首を刺激してくる。たちまちそこがツンと硬く尖り、鋭敏な器官に成り変わっていく。

「やぁ、こんなところで……ぇ」

イェルダは身を捩《よじ》ってアウレリウスの手から逃れようとした。だが、腰に彼の右手が回され、引き戻されてしまう。彼はそのままイェルダのうなじに顔を埋め、指に挟んだ乳首をくりくりと擦り潰すように擦ったり、指先でピンと弾いたりしてくる。

「ぁ、だめ、あ、あぁ、あ……」

肉体が敏感に反応してしまうのを止められない。イェルダはアウレリウスの腕の中で身悶えた。

「身体が熱くなってきた——感じているのか？」

「ち、ちがい、ます……」

「どうかな？」

お腹を抱えていたアウレリウスの右手がゆっくりと下肢に下りてきて、寝巻きの裾を捲《めく》り上げた。太腿まで露《あら》わになってしまう。大きな掌が太腿を撫で回し、股間に迫ってきた。若草の茂みに指先が潜り込んできて、イェルダはびくんと腰を浮かせてしまう。

「ア、アウレリウス、様……っ」

「濡れているようだが？」

アウレリウスは意地悪い声でささやき、くちゅりと秘裂を暴いた。そのままぬるぬると花弁を撫で回されると、甘い痺れに媚肉がひくひくわなないてくる。とろりと新たな愛蜜が胎内から吹き零れた。

「あ、ぁん、やめ、て……ぇ」

「そう言いながら、腰がもじついているぞ」

アウレリウスは指の腹で甘露を受けると、陰唇をなぞり上げ行き着いた先にある秘玉に触れてきた。

「あっ、あ、そこは、だめ……あっ、あぁ……」

鋭い喜悦が走り、アウレリウスの指がうごめくたび、イェルダは背中を弓形に仰け反らせ、腰をびくんびくんと跳ね上げてしまう。あっという間に短い絶頂に押し上げられそうになり、イェルダはその場に頽《くずお》れそうになって、思わず前屈《まえかが》みになった。すると、柔らかな尻がアウレリウスの股間に触れ、彼の熱い漲《みなぎ》りを生々しく感じ、慌てて身を起こそうとした。足元がふらつき、机にしがみつく。

アウレリウスは逃さないとばかりに身体をぴったりと押し付け、寝巻きの前合わせのリボンをしゅるっと解くと、胸元から空いている方の手を差し込み、直に乳嘴をいじってきた。その指の動きに合わせて、花芽もくりくりと撫で回す。鋭敏な官能の塊を上下同時にいじられ、イエルダはどうしようもなく感じ入ってしまう。

「あぁ、だめ、あ、だめ、なのぉ……ぁ、ん」

猥りがましい声を上げながら、いやいやと首を振る。

ほんの数日前は、何も知らない無垢《むく》な身体だったのに、アウレリウスの手にかかるとあっという間に淫らな肉体に変化してしまう。

「いい声で啼く」

アウレリウスはそう言うと、胸と股間から両手を抜き取った。これで解放されるのかと、イエルダがホッとしたのも束《つか》の間《ま》、そのままくるりとこちらを向かされた。彼はイェルダの細腰を抱えると、軽々と机の上に尻を置かせた。

「あっ？」

「足を開いて」

アウレリウスは両手でイェルダの太腿を大きく割り、そのまま机の前に跪いた。秘められた部分が、彼の眼前に無防備に晒された。

「そのまま、じっとして」

彼は熱のこもった青い目で見上げてくる。その眼差しだけで、子宮の奥がツーンと痺れる。

何をされるのか、イェルダには見当もつかない。

と、アウレリウスはイェルダの右足を持ち上げ、膝にちゅっと音を立てて口づけした。室内履きを外され、素足にされる。そのまま、脹脛《ふくらはぎ》からくるぶし、踵へと口づけをおろしていく。

「あ、あ……」

アウレリウスの唇が触れた箇所が、かあっと燃え上がるように熱くなる。アウレリウスは足の甲にも口づけし、そのまま足の指を咥え込もうとした。

「ひゃ……っ」

擽ったさに足を引こうとすると、

「じっとしていなさい」

と、鋭い声で言われ思わず息を詰めた。

アウレリウスは再び足指を咥え込むと、濡れた指先で足指を舐め回してきた。ぬめった感触に怖気が走るが、同時に媚肉がじんと疼いてしまう。

「は、ぁ、あ、やだ……そんなとこ……やめて……」

アウレリウスは指の間から爪先までしゃぶり、舐め尽くす。右足が終わると、今度は左足を持ち上げ、同じように丁寧に一本一本足指をしゃぶられた。

「ふぁ、あ、ぁあ……ぁ」

子作りをするためだけなら、こんな異様な行為は必要ないはずだ。それなのに、淫らな欲求がどんどん昂ってしまい、拒むことができない。

指の間を舌が這《は》い回《まわ》ると、どうしようもない喜悦が身体を走り抜ける。

「はぁっ、あ、あぁっ」

イェルダはびくびくと腰を震わせながら、甲高い声を漏らしてしまう。こんな行為で気持ち悦くなってしまうなんて、信じられない。

「艶めいた声が堪らないな」

両足指を舐め尽くしたアウレリウスは、イェルダの太腿を抱え込むと、じりじりと股間に顔を寄せてきた。彼の少し早い熱い息遣いが秘所に迫り、イェルダはどきんと心臓が跳ね上がった。

アウレリウスは内腿《うちもも》の柔らかい肌を強く吸い上げた。

「痛っ……」

鋭い痛みに悲鳴を上げるが、媚肉はひくりと反応してしまう。

アウレリウスは陰唇にふうっと熱い息を吹きかけたり、鼠蹊部を舐めたり吸ったりを繰り返す。蜜口がひくりひくりと物欲しげに震える。

核心にわざと触れてこないアウレリウスのやり方に、劣情に支配された肉体が焦れて飢えてしまう。涙目になって疼き上がる情欲に堪えた。

「んぅ、ん、んんっ……」

やにわに、アウレリウスが花弁に顔を埋め、ちゅうっと強く吸い上げる。

「あああっ？」

鋭い愉悦に一気に歓喜の高みに飛んでしまう。

愛蜜を啜り上げ、膨れた花芯を咥え込まれた。

アウレリウスは含んだ秘玉を軽く吸い上げ、舌先でぬめぬめと転がしてくる。

「やぁ、だめ、そんなところ、汚いのに、舐め、ないでぇ……」

イェルダは両手で股間に置かれたアウレリウスの頭を押しやろうとした。

だが、感じやすい花芽をぬるぬると舐め回されると、凄まじい刺激に全身の力が抜けてしまった。

「ああ、だめ、あ、だめぇ、んぅ、んんっぅ」

内腿がぶるぶると震える。

アウレリウスは唇でぬちゅぬちゅと硬く膨れた花芽を扱いては、鋭敏な先端を舌で延々と転がしてくる。

「はあっ、は、はぁ、はぁあ、ぁぁあぁん」

淫靡な快感が全身を駆け巡り、頭の中が酩酊してしまう。どうしようもなく肉体が疼きあがり、隘路の奥から恥ずかしいほど愛液が吹き零れ、アウレリウスの口元を淫らに濡らす。

だがもうそれを恥ずかしがる余裕は、イェルダにはなかった。

何度も鋭い絶頂に押し上げられ、甲高い嬌声が止められない。

執拗で淫らな口内愛撫《あいぶ》に、蜜壺の中も燃えるように熱くなり刺激を求めて蠕動《ぜんどう》する。

濡れ果てた淫襞が、胎内を埋めてくれるものを求めてきゅうきゅうと収縮を繰り返す。内部の飢えは限界まで高まり、それが辛くて仕方ない。

「あ、ああ、も、もう、やめて……お願い……辛いの……」

イェルダは甘く啜り泣いて訴える。

わずかに唇を離したアウレリウスが、掠れた声で聞いてくる。

「やめたいのか？　それとも、どうしたいのかな？」

見上げてくる彼の表情は、壮絶なほど色っぽく美しく、イェルダは彼の声と視線だけで子宮の奥がきゅぅんと痺れて感じ入ってしまう。

だが、まだまだ初心なイェルダには、いやらしい要求を口にすることなど到底できない。

潤んだ瞳で見つめ返し、ふるふると首を振ることしかできなかった。

「奥がひくひくして、淫らに誘っているが？」

アウレリウスの無骨な指が、ぐちゅりと蜜口の浅瀬を掻き回した。

「んんぅ、あ、は、はぁっ……」

もっと奥まで挿入して欲しくて、思わず腰が浮いた。だが、アウレリウスの指はそれ以上は侵入してこない。

こんな中途半端な刺激では、疼き上がった肉体はおかしくなりそうだ。

「あ、ね、ねえ、アウレリウス様、ねえ……」

ねだるように腰が揺れた。アウレリウスの指先は、いたずらにぱんぱんに膨れた秘玉を撫で回してくる。激しい愉悦にきゅうっと内壁締まり、自ら快感を生み出してしまう。

「ひゃぁぁっん」

「私が、欲しいのか？」

アウレリウスはどうしても恥ずかしい欲求をイェルダに言わせたいようだ。陰核をぬるぬると撫でては、蜜口の浅瀬だけを指が往復する。その度、媚肉がきゅっと窄《すぼ》まり、彼の指を奥へ引き込もうとした。

「はひ、は、ひぁ、も、いじめ、ないで……ぇ」

イェルダは息も絶え絶えになってしまう。

このままではおかしくなってしまう。

ついに、途切れ途切れに恥ずかしい言葉を口にする。

「お願い、アウレリウス様、もっと、欲しいの……」

「何が欲しい？　指？　舌？」

アウレリウスの口調は優しいのにとても残酷に響く。

「違う、の、アウレリウス様のが、欲しい……」

とうとうはしたない要求を口にしてしまう。身体中が羞恥にかあっと熱くなった。

アウレリウスはさらに追い打ちをかける。

「私の、何が欲しい？　あなたは素直な人だろう？」

「う、ううっ……」

言葉でいたぶられるだけで、粘つく蜜が大量に溢れ、股間をどろどろに濡らしているのがわかる。

イエルダは大きく息を吐き、消え入りそうな声で告げる。

「アウレリウス様の、大きくて硬い――モノが、欲しいの……」

とうとう恥ずかしい言葉を口にしてしまい、頭に血が上って煮えそうになった。

「よく言えた」

アウレリウスは満足げにつぶやくと、おもむろに立ち上がった。

彼が焦らすみたいにゆっくりと寝巻きの前を開く。ぶんと勢いよく、反り返った欲望の漲りが飛び出してきた。鈴口の割れ目から、透明な先走り液が吹き零れている。

その張り詰めた肉棒の造形を見ただけで、熟れ襞がきゅんきゅん収斂した。

「あ、ああ……」

「そんな悩ましい目で見られたら、男はひとたまりもないよ」

アウレリウスはイェルダの腰を抱えると、ゆっくりと床に下ろす。そして、そのままくるりと身体を反転させた。

「机に両手をつきなさい。お尻をこちらに向けて」

「は、い」

もはや彼との交合を渇望していて、どんなにはしたない格好でも甘んじて受け入れてしまう。言われたようにして、自ら両足を大きく開いた。

綻び切った花弁が、アウレリウスの欲望をしゃぶりたくてとろとろと新たな愛蜜を垂れ流す。

「可愛《かわい》いね、真っ赤な花弁が濡れ光ってひくひくしている」

ぬくりと熱く硬い先端が蜜口にあてがわれた。そのままぬるぬると擦り付けられると、それだけで腰が蕩けそうに感じ入ってしまう。

「はあっ、あぁ、ああ、はぁ……」

「すごいね、少し触れただけで溶けてしまいそうに熱い」

アウレリウスが息を乱す。

後ろ向きになっているのでアウレリウスの顔は見られないが、艶めかしい声と荒い呼吸を感じ、それだけで背筋に戦慄が走り抜ける。

彼の両手がイェルダの双尻を掴み、秘所をぐっと押し広げた。

そして剛直がどぷりと一気に押し入ってきた。

「あぁあ――――っ」

媚肉を勢いよく擦り上げられ、焦がれに焦がれていたイェルダは瞬時に絶頂を極めてしまった。

飢えた胎内が目いっぱい満たされた悦びに、イェルダは目も眩むような多幸感を味わう。

最奥まで貫くと、アウレリウスは素早く屹立を引き抜き、再び同じ勢いで突き入れてきた。再び軽く達してしまう。

「あっ、あ、だめ……っ、は、早い……っ」

勢いよく突き上げられるたびに、立て続けに極めてしまう。

「すごく締まるね」

アウレリウスは低い声でつぶやき、がつがつと腰を打ちつけてくる。その激しい勢いに、机ががたがたと揺れた。

感じ入って新たに滲み出る愛液の甘酸っぱい香りが部屋中に満ちて、噎《む》せ返《かえ》るようだ。

「あっ……あぁ、あ、は、あぁ……っ」

後ろから挿入されているせいか、いつもと違う箇所に太茎が当たる。それがまた、堪らなく心地いい。寝室ではない部屋で、獣のような体位で交わっている背徳感が、興奮に拍車をかけるようだ。

「んっ、んんあ、あぁ、激し、い……」

「これは、どうだ？」

アウレリウスは熱い昂りで深々と貫くと、そのままぐるりと腰を押し回した。濡れ襞全体が掻き回され、深い官能の悦びで全身が総毛立つ。

「く……ふぁ、あ、やあ、そんなにしないで……っ」

「これも、悦いのだね？　これは？」

アウレリウスは最奥まで剛直を埋め込むと、張り出した嵩高《かさだか》な亀頭の先で、ぷちゅぬちゅとさらに奥を切り開くような突いてきた。

「あっ、あ、だめぇ、そんな深いのっ……あ、あ、また、あ、またぁぁ」

次から次へと愉悦が湧き上がり、イェルダはあられもない嬌声を抑えることができなくなる。

「奥が吸い付いてくる――堪らない」

アウレリウスが感じ入った声を漏らした。

彼はイェルダの腰を抱え直すと、膨れた先端を奥深くに突き入れたまま、小刻みに腰を揺さぶってきた。淫らな振動が腰全体に拡《ひろ》がり、頭が真っ白になるような愉悦が絶え間なく襲ってくる。

「いやぁ、それ、だめぇ、あ、奥が、あぁ、だめ、なのにぃ……っ」

感じすぎて四肢から力が抜けてしまい、必死で両手を突っ張って机にしがみつこうとしたが、力尽きてしまう。机の上に突っ伏すようにうつ伏せになると、アウレリウスは細腰をがっちりと掴むとお尻を高々と持ち上げた。そのままずんずんと激烈な抽挿を開始した。

瞼の裏に愉悦の火花が飛び散る。

「ひあっ、あ、あ、壊れちゃ、う、あ、そんなの、だめ、あ、だめに……っ」

ばつんばつんと結合部が打ち当たるくぐもった音に合わせ、肉棒が抜き差しされるたびに泡だった淫蜜が掻《か》き出される。それが太腿に伝わり落ちるぬるつく感触にすら、熱く感じ入ってしまう。

「……も、もう、許して……もう、おかしくなって……だめに、だめに、なっちゃうぅ」

イェルダは息も絶え絶えになって懇願する。

「おかしくなるといい、イェルダ、もっと淫らなあなたを見たい」

アウレリウスの肉槍はさらにがむしゃらにイェルダの蜜壺を攻め立ててくる。彼の欲望は疲れを知らず、ますます加速していくようだ。

「ひぅっ、はぁあ、あぁすごい、すごいの、あぁあ、こんなの……っ、すごくて……っ」

イェルダはもうなにも考えられず、ただアウレリウスの与える快楽を貪った。

アウレリウスの太竿で隘路は隅々まで押し広げられているのに、媚肉はぎゅうっと彼を押し出そうとするように締め付けてしまう。

「ああいいね――とてもいい」

アウレリウスが快楽に酔いしれたような声を漏らす。その感じ入った艶めいた声を聞くと、イェルダの女壺はさらにきゅうきゅうと収斂してしまう。

「んぅ、ひぅ、あ、あ、も、あ、また、達っちゃう、も、もう……っ」

子宮の奥から怒涛《どとう》のように熱い悦楽の波が迫り上がってくる。

意識が攫われる。

「んんーっ、んぅ、んんんっ」

最後の絶頂に飛び、イェルダは無意識に全身で強くイキんだ。

「く――イェルダっ」

アウレリウスの腰の動きが加速する。

机に押し付けられたイェルダの上に、アウレリウスが覆い被さってきた。そして、荒々しい吐息を吐く。

直後、イェルダの最奥に熱い精液がどくどくと吐き出される。

「……あ、ぁ、あ……」

胎内が彼の白濁の欲望液で満たされていくのを感じながら、イェルダも大きく息を吐く。

「……はぁ、は、はぁ……ぁ」

「ふ――う――」

二人は深く繫がったまま、絶頂の余韻を噛み締めていた。

甘い倦怠感《けんたいかん》がイェルダの全身を満たしている。

「――素晴らしかった」

アウレリウスが耳元で掠れた声でささやく。

そのささやきに胸がじわっと甘く痺れ、熟れた媚肉が萎えた彼の欲望をぴくぴくと締め付けてしまう。その刺激に、アウレリウスの肉幹がむくりと勃ち上がってくる。

「ふ——まだまだ足りないか？」

「ち、ちがい、ます……」

「でも、あなたのここは、そうは言っていないようだ」

アウレリウスがからかうように、軽く腰を穿ってきた。

「あっ……」

まだ快楽の名残に浸っている蜜襞が、きゅんと熱く感じてしまう。

「あなたはとても慎み深いのに、ここはとても貪欲だ」

「いや……そんなこと、言わないで……」

いやらしいセリフを言われているのに、隘路が嬉しげにひくついてしまう。

アウレリウスに抱かれるたびに、ひどく淫らな身体に作り変えられていく。

でも、それは嫌ではない。こんな快楽を知ってしまったら、知らない前の無垢な自分になど戻れるはずもない。

それに、睦み合っている時のアウレリウスは、普段の何倍も優しい言葉をかけてくれる。たとえそれが劣情にかられて口走っている言葉だとしても、イェルダは嬉しくてならない。

おもむろに、アウレリウスが抜け出て行った。

「あ、ん」

猥りがましい喪失感に、甘い声が漏れた。綻び切った花弁の狭間から、愛液と白濁液の混じったものがとろりと溢《あふ》れ出てくる生々しい感触に、内腿がぶるっと震えた。

イェルダは気だるい身体を起こそうとした。

だがそれより早く、アウレリウスがイェルダを横抱きにした。

「あ……」

アウレリウスはイェルダの首筋に顔を埋め、白い肌を吸い上げた。

「では続きは寝室で――」

「ええっ？」

朦朧《もうろう》としていた意識が急にクリアになる。

「ま、待ってください。まだ、な、なさいます……のですか？」

「当然だ。私を待たせた罰だ」

アウレリウスはさっさと戸口に歩き始めた。

「す、少し休ませて……」

「では、あなたは寝ていればいい。私だけ動くから」

「そ、そんなわけにいきませんっ。つ、妻の務めですから……」

ムキになって答えると、ドアノブに手を掛けながらアウレリウスが楽しげに答えた。

「ではもう少しお付き合い願おうか」

「もう……っ」

イェルダは唇を尖らせたが、アウレリウスとこんなふうに親しげに会話できるのなら、いくらでも夫婦の営みをしたい、と密かに思ってしまった。

寝室に戻り、夜更けまで何度も身体を繋げて睦み合った。

その後、二人は生まれたままの姿で抱き合い、深い眠りに落ちてしまった。


「待ってくれて、フェリクス――!」

悲鳴のようなアウレリウスの叫び声で、イェルダはハッと目を覚ました。

驚いて、ガバッと起き上がる。

心臓がドキドキしている。

「……アウレリウス様……?」

おそるおそる隣で寝ているアウレリウスを見遣ると、彼は苦しそうな顔で寝返りを打った。

悪い夢でも見たのだろうか。額に汗をかき、みけんに苦渋の皺《しわ》が寄っている。こんな恐ろしい形相をしたアウレリウスを初めて見た。

断末魔のような悲鳴だった。そう言えば、イェルダが嫁ぐ前は、屋敷から夜な夜な恐ろしい叫び声が聞こえてくると街の人たちが噂していたらしい。

アウレリウスは毎晩、こんなふうに悪夢にうなされていたのだろうか。同衾してから初めて、このような姿を見た。

「――」

イェルダはそっとアウレリウスの顔にかかった乱れ髪を掻き上げてやる。

顔の傷跡が薄闇の中に浮かび上がった。

イェルダはアウレリウスの傷跡は少しも醜いと思わないが、彼の心の中にも深い傷跡が残っているのだろう。

フェリクスとは誰だろう。

アウレリウスはこれまで、戦争時代の話を詳しくはしたことがない。

いつか、打ち明けてくれることがあるのだろうか。

さっきまで熱く抱き合って心地よくなっていた分、アウレリウスの心の闇の一端を覗いたことは衝撃だった。

安らかな眠りを与えてあげたい、
アウレリウスの心の傷を癒す手立てはあるのだろうか。

イェルダにできることなら、なんでもしてあげたい。

だが、今はまったくの無力だ。それがとても虚《むな》しい。

イェルダはアウレリウスの顔をじっと見つめながら、胸の前で両手を組んで心の中で祈った。

（神様、どうかこの方に安らかな眠りをお与えください。どうか、アウレリウス様の心の傷が癒えますように……）

付け替えた薄いカーテン越しに、月明かりが寝室をほのかに照らす。

イェルダは一心に祈った。

第三章　諍《いさか》い

翌朝、アウレリウスは少し頭痛がすると言って、朝食後は自室に引きこもってしまった。

昨夜の悪夢が彼を苛んでいるのかもしれない。

イエルダはそっとしておいてあげようと思った。

そして、なにかアウレリウスの気晴らしになるようなことがないか、と考える。

ミカルがその日の予定を打ち合わせに、イエルダの部屋を訪れた。

「奥様、本日は、なにか必要なお買い物がございましたら、街にお供いたします」

「私は、もう充分欲しいものはあるので、いいのだけれど——あの、アウレリウス様のお好きなものとかないかしら？　差し上げたら喜ぶ品物とか？」

ミカルは首を傾ける。

「旦那様も清廉なお方で、あまり贅沢はなさりませんね」

「そうなのね」

確かに、アウレリウスは身の回りのものは質の良い高級品ばかりだが、それを大事に長く使っているようだ。

ふと、イェルダはいいことを思いついた。

「そうだわ。旦那様の誕生日がもうすぐよね？　お誕生日祝いをするのはどうかしら？」

「誕生日祝いですか。そう言えば、ここ十年、祝ったことがありませんでした。旦那様が賑やかしいことをお嫌いになられたので――」

「まあ、十年も誕生日をお祝いしていないの？　そんな寂しいこと。ぜひ、今年はお祝いしましょうよ」

ミカルはうなずく。

「良いお考えかもしれません。ハンメルト家は厳格な軍人の家系でして、祝い事はあまり派手しくは行ってこなかったので、旦那様もお喜びになるでしょう」

「ね、ね？　いい考えだわ。サプライズで、こっそりお祝いを企画しましょう」

イェルダは心が浮き立ってきた。

「早速街に出て、なにかよい贈り物を探しましょう」

ミカルとマリールーを伴って街に繰り出したイェルダは午前中をかけて、百貨店を始めあちこちの専門店を見て回った。

だが、なかなかこれだとピンとくるものが見つからない。

街角のカフェでひと休みを取ったイェルダは、ミカルに相談した。

「アウレリウス様がなにをもらったら喜ぶのか、見当がつかないの。どうしたらいいかしら」

傍で直立していたミカルは、首を傾ける。

「そうですね——旦那様は奥様の心のこもったものならなんでも喜ばれると思いますよ。そうそう、昔、誰からかもらった手作りの品をたいそう大事にされておりましたよ」

「手作り……」

イエルダは頭に閃《ひらめ》くものがあった。

「ミカル、この後は衣料品店に行きましょう」

「衣料品、ですか？」

「ええそうよ。私、いいことを思いついたわ」

イエルダは笑顔を浮かべた。

目的の物を手に入れたイェルダは荷物を持ったマリールーとミカルと共に、馬車止りに向かった。

「さあ、あとは新しい茶葉でも買って帰りましょうか」

そう、ミカルに話しかけた時だ。

「美人の奥様、幾らかお恵みを」

路地裏から、ボロ服を纏った痩せた子どもたちがわらわらと出てきて、イェルダたちを取り囲んだ。彼らは泥に汚れた両手をてんでに差し出す。

「小銭をくれよ」「恵んでくれよ」「奥様お恵みください」

「奥様、むやみに施しをしてはいけません。味を占めてずっと付きまといますよ」

ミカルがイェルダとマリールーをかばうように前に出て、脅かすように拳を振った。

「こら、お前たち、どきなさい！」

「ミカル、待っててちょうだい」

イェルダがミカルを止めたので、子どもたちはお金がもらえるのだと思ったのか、目を輝かせてさらに迫ってきた。

イェルダは膝を曲げてしゃがみ込み彼らの目線になると、優しく言った。

「お金はねだるものではなくて、自分で稼ぐものよ」

年長の少年が口を尖らす。

「おいらたちに仕事なんかあるもんか。奥様は金持ちなんだろう、恵んでくれよ」

イェルダは首を横に振る。

「いいえ。むやみに施しはしません」

きっぱり断られて、子どもたちの表情がさっと強張った。

イェルダはすかさず続けた。

「今日の午後に、ハンメルトのお屋敷にいらっしゃい。お庭に農園を作りたいの。それを手伝ってくれたら、きちんとお給金を上げるわ。美味しいおやつもつけましょう」

子どもたちばかりでなく、ミカルもマリールーも唖然とした顔になる。

年長の少年がこわごわたずねる。

「ハンメルトのお屋敷って、あの『幽霊公爵』の住んでる幽霊屋敷だろう？　ばけもんに取り憑かれないか？」

イェルダはくすくす笑う。

「あら、私はその『幽霊公爵』の奥さんなのよ。どう？　私は幽霊に見える？」

子どもたちはイェルダをまじまじと見て、首を横に振る。年長の少年は、まだ疑《うたぐ》り深《ぶか》そうに聞いてくる。

「俺たちを騙すつもりじゃねえよな？」

「嘘はつかないわ」

イェルダがまっすぐ少年の目を見て言うと、彼はうなずいた。

「わかった。金をくれるなら、考える。おいらはビルっていう。おい、みんな行こうぜ」

ビルの合図で、彼らは連れ立って路地裏に姿を消した。

ミカルが気遣わしげに言う。

「奥様、よろしいのですか？　あのようなホームレスの子どもたちを――」

「もちろんよ。お湯をいっぱい沸かして、あの子たちをお風呂に入れてあげましょう。服もお洗濯が必要ね。マリールー、帰ったら大きな桶《おけ》とタオルをたくさん用意してね。あとブルーノにたくさんお昼の用意を頼まないと。大急ぎで帰りましょう。今日も忙しくなるわ」

ふいにマリールーが目を潤ませ、丸々とした手でぎゅっとイェルダの手を握ってきた。

「まあ、どうしたの？」

ミカルがそれを見て、感に堪えないといった面持ちになる。

「奥様、マリールーは孤児施設の出身なのです。おそらく、奥様の言動に心打たれたのでしょう」

イェルダは優しくマリールーの手を握り返した。

「そうだったの。マリールー、でももうあなたは私の大切な侍女、何の心配もいらないわ。それに、あの子たちにもこれからもお仕事をあげるつもりなの」

マリールーは鼻を真っ赤にして、何度もうなずいた。

帰宅し、デニスに庭仕事の道具の準備を、ブルーノには十数人分のおやつの支度を頼んだ。

マリールーは庭の隅に大きな木桶《きおけ》を運び込み、厨房の大鍋でお湯を沸かした。

イェルダは動きやすいドレスに着替え、鉄柵の門扉の後ろで待った。ミカルが気遣わしげに付き添う。

「ほんとうに来るでしょうか？」

「どうかしら——来なかったら仕方ないわ。でも私は信じてる——」

イェルダが言いかけた時、道の角から、ビルを先頭にぞろぞろとホームレスの子どもたちが姿を現した。

イェルダは顔を綻ばせ、手を振る。

「よく来たわね、さあおいでなさい」

イェルダの合図でミカルが門扉を開く。

子どもたちは少しおっかなびっくりで中に入ってきた。

イェルダは玄関ロビーまで彼らを導き、勢揃いさせる。子どもたちはきょろきょろと周囲を見まわし、ため息をつく。

「すげえお屋敷だ」「お城みてぇ」「もっとボロ屋敷かと思ったぜ」

イェルダはぱんぱんと手を叩いて、自分に注目させた。

「今日は、南のお庭の土を掘り返してもらいます。道具は庭師の人が用意してくれてますし、使い方も教えてくれるわ。四時のお茶の時間まで頑張って働いてちょうだいね。さあ、一緒に行きましょう」

イェルダが庭に向かって歩き出すと、ビルが驚いたように言う。

「奥様、あんたも一緒にやるのかい？」

イェルダはにっこりする。

「もちろんよ。私は働くのが大好きなの」

子どもたちのイェルダを見る目が変わったようだ。

デニスに指導を受けながら、全員が鍬《くわ》や鋤《すき》を持って庭を耕した。イェルダも額に汗を流しながら、子どもたちに混じって鍬を振るう。

作業をしながら、イェルダは歌を口ずさむ。

「主よ　太陽の光に感謝します　大地の恵みに感謝します　月と星の輝きに感謝します　一日の労働ののちの糧に感謝します」

子どもたちは目を丸くする。ビルが感心してつぶやく。

「奥様、すっごくいい声をしているなぁ」

「ふふ、黙々とやるより、こうして歌を歌いながら働くと元気がでるのよ」

「その歌、教えてくれよ」「俺も歌いたい」「一緒に歌おう」

初めは遠慮がちだった子どもたちは、すぐにイェルダに親しげに話しかけてくるようになった。皆で歌を歌ったりしながら、作業は滞りなく進んだ。

お茶の時間になると、マリールーが大きなワゴンを押してきた。

イェルダは手を止め、皆に告げる。

「さあ、みんなそこの水場で手を洗ってきて。一人ずつお茶とお菓子を配るわ。食べ終わった子から、湯浴みをしてちょうだい」

子どもたちは「はぁい」と元気な返事をして、我先に水場へ飛んでいく。手を洗い終えた子どもは、マリールーにお茶のカップとバターケーキの載った皿を受け取る。彼らは思い思いの場所に座り、おやつに舌鼓を打った。

「すげえうまい！」「こんな美味しい菓子、食ったことがねえ」「お代わり！」

賑やかな子どもたちを、イェルダはニコニコしながら見守っていた。

と、二階のアウレリウスの部屋のカーテンがわずかに開いたような気がした。イェルダがそちらに顔を振り向けると、さっとカーテンが閉められてしまった。

おやつのあと、ミカルも加わり総出で子どもたちをお風呂に入れてやった。何ヶ月《なんかげつ》もまともに入浴をしたことがないという子どもたちは垢だらけで、木桶のお湯があっという間に真っ黒に汚れてしまう。厨房でブルーノが大回転でお湯を沸かし続けてくれた。

最後には、子どもたち全員がピカピカになった。

「では、帰る時にミカルから今日の報酬を受け取ってくださいね。明日もまた、同じ時間に作業をしますから、来られる子はぜひ来てちょうだい、もちろんおやつ付きよ」

子どもたちから歓声が上がった。

彼らはミカルから賃金を受け取ると、ホクホク顔で帰っていく。

イェルダは門前で彼らを見送って、姿が見えなくなるまで手を振った。

「ふう、くたくただわ。でも、とても楽しかったわね」

マリールーやミカルと微笑み合いながら、玄関ホールに戻ってきた時である。

階段の下に、アウレリウスがぬっと立っていた。彼はひどく不機嫌そうな顔をしていた。

「――イェルダ、どういうつもりだ?」

「あ、ごめんなさい。おやすみのところを、騒いで邪魔してしまったかしら」

「そういうことではない。なぜあのような盗人《ぬすびと》の子どもたちを屋敷に入れたのだ?」

アウレリウスの声は怒りを抑えているように低かった。

「でも……皆一生懸命に働いてくれました。悪い子たちではありません」

「あなたは世間を知らなすぎる。やつらはこの屋敷の金目のもの目当てで来たに、決まっているじゃないか」

「そんな、ひどい。みんな、本心は素直でいい子たちだわ。私は信じています」

アウレリウスの眉間に皺が寄る。彼はミカルに命じた。

「ミカル、今すぐ一階の部屋の中を調べろ。なにか無くなっているものはないか?」

「かしこまりました――」

ミカルが足早にその場を離れた。イェルダはアウレリウスを取りなすように言う。

「真心を持って接すれば通じます。あの子たちは、そんなやましいことなどしないわ」

アウレリウスの眼差しがきつくなる。

「人間は信用できない。信頼は裏切られるものだ」

「――」

今日のアウレリウスはいつになく刺々《とげとげ》しい。今朝の悪夢のせいだろうか。

ミカルが急ぎ足で戻ってきた。顔色が悪い。

「旦那様。居間のテーブルの上の銀の煙草《たばこ》入れと金張りの灰皿が紛失しております――それと」

ミカルがひどく言いにくそうに言う。

「暖炉の上に置いておかれた奥様の真珠のネックレスが――」

「えっ？」

イエルダは母からもらったネックレスを、庭仕事をするために外して暖炉の上においてあったのだ。大事な物を盗まれて、イエルダはショックを受けて声を失う。

アウレリウスが勝ち誇ったように言う。

「それ見たことか。これに懲りて、あなたも少しは人を疑ってかかる方がいい。少しは大人になるんだ」

「――そんな、ひどいことを言わないでください」

「人生の心得を教えている」

イエルダはしゅんとして、涙が出そうになる。さっきまでのウキウキしていた気持ちがぺしゃんこになった。消え入りそうな声で言う。

「私のことも……？」

「え？」

「私のことも、信じてくれていないということですか?」

まっすぐアウレリウスを見上げたが、堪えきれない涙が溢れてしまう。

「――」

アウレリウスは押し黙ってしまった。答えないということは、その通りなのか。

せつなくて口惜しくて、後から後から涙が零《こぼ》れる。

「イェルダ――」

アウレリウスの口調がわずかに気弱になった。

彼が手を伸ばして触れてこようとしたので、イェルダはさっと後ろに引く。

「いいです、わかりました。でも、できれば警察に訴えるのはやめてください、子どもたちを呼ぶのはこれきりにしますから。私はもう休みます。明日まで、誰も部屋に来ないでくださ
い」

そのまま階段を駆け上がった。マリールーが慌てて後を追いかけた。

自分の部屋に入ると、イェルダはソファにへたり込んで声を噛《か》み殺《ころ》して泣いた。

子どもたちに裏切られたことはほんとうに悲しかったし、母から受け継いだ大事なネックレスを盗まれたこともショックで、なによりアウレリウスに冷たい言い方をされたことが辛かった。

彼の承諾なしに、ホームレスの子どもたちを屋敷に招いたことは、確かに軽率な行為だった

かもしれない。今朝からずっと、アウレリウスは気分が悪そうだったのに、がやがやと他人を屋敷に入れてしまったので、癇《かん》に障ったのだろう。

　子どもたちが盗みをしたことを肯定するつもりはない。労働に対して正当な賃金を払って、あの子たちに働くことの意味を教えたかった。でも、そんな考えは甘かったのだろう。

　それでも、アウレリウスにあんな言い方をされたくはなかった。

　しょんぼり肩を落としていると、どこからかふわっと甘いいい香りがした。そっと近づいてきたマリールーが、銀の盆の上のココアが入ったカップを差し出す。

「まあ、マリールー、ありがとう」

　イェルダはカップを受け取り、ココアを一口啜《すす》った。甘く温かい液体が喉を通っていくと、気持ちがほっこりして落ちついてくる。

「私ったら、すぐ泣いてしまって——もっとしっかりしなきゃね。きっとアウレリウス様は、子どもたちを訴えたりはなさらないと信じてるわ」

　マリールーが大きくうなずき、午前中衣料品店で購入した品物の包みを持ってきた。

「ああそうだわ、それ——」

　包みを受け取ったイェルダは大事そうに撫でた。

　そして、きゅっと顎を引き、気持ちを入れ替えた。

「マリールー、お裁縫箱を持ってきてちょうだい」

それより少し前――。

玄関ホールでは、アウレリウスが階段の一番下の段に腰を下ろし、うなだれていた。

彼はひどい自己嫌悪に陥っていた。

今朝方、久しぶりに戦場での悪夢にうなされた。そのせいで、朝から頭痛が酷かった。そのために、機嫌が悪かったのは確かだ。突然、大勢のホームレスの子どもたちが屋敷に入ってきたことに、イラッとしたのも事実だ。街では盗賊団の集まりのように言われている子どもたち相手に、呑気《のんき》に歌を歌ったりしているイェルダの姿に、苛立《いらだ》ちが増した。

それで、八つ当たりのようにイェルダを責めてしまったのだ。彼女の純粋な気持ちに水をかけるような言動をしてしまった。

そして、また泣かせてしまった。

きっと彼女はこんな男と結婚したことを、大いに後悔しているに違いない。

「――くそ――大人気ないのは私だ」

ミカルは傍でしばらく見守っていたが、冷静に声をかけきた。

「旦那様、警察に盗難届を出さなくともよろしいのですか？」

アウレリウスは首を横に振る。

「――いや、いい。彼女も警察に訴えるなと言った。これ以上騒ぎを大きくして、イェルダの気持ちを傷つけたくない」

ミカルが少し気遣わしげな口調になった。

「頭痛薬をお持ちしましょう。しばらく片頭痛はおさまっておられたようなので、私もお薬をお出しするのを怠っておりました。私の責任です。申し訳ありません」

アウレリウスはゆっくりと顔を上げる。

「いいんだ、薬は必要ない。それより、マリールーに命じて、イェルダに温かいココアでも持っていってやれ。彼女は甘いものに目がないから、少しは気持ちが落ち着くかもしれない」

ミカルが頭を下げた。

「承知しました。すぐに」

踵を返そうとして、ミカルが振り返る。

「旦那様、初の夫婦喧嘩《げんか》でございますね。それもまた人生の彩りでございます」

少し揶揄《からか》うような声色だ。

アウレリウスは耳朶に血が上るのを感じた。

「余計なことを言うな。さっさと行け」

「はい」

ミカルが去ると、アウレリウスはほっと大きく息を吐く。

夫婦喧嘩——その響きには、なんだかむず痒《がゆ》い甘酸っぱい響きがあった。

明日、朝食の席でイェルダに謝罪しよう。

アウレリウスはそう強く思った。


その翌早朝のことである。

門扉のドアベルが大きく鳴らされる音がした。

しばらくして、ミカルがアウレリウスとイェルダのそれぞれの部屋の扉をノックして、起こしにきた。

「旦那様、緊急の来客でございます」「奥様、お目覚めになってください」

二人は寝巻きにガウンを羽織った姿で、それぞれの部屋から姿を表す。イェルダの私室の次の間に寝泊まりにしているマリールーも、寝ぼけ眼で起きてきた。

アウレリウスとイェルダの私室は斜向《はすむか》いになっていたので、廊下で互いに顔を合わせる羽目になった。

「あ……お、おはようございます」

「うん——おはよう」

イェルダとアウレリウスは少し気まずい顔で挨拶を交わした。

「それより、なにごとだ？　こんな早朝から来客だと？」

眉を顰めるアウレリウスに、ミカルが告げる。

「旦那様、奥様。昨日の子どもたちが、ぜひ奥様に会いたいと来ております」

イェルダは目を瞠る。

「なんですって？」

イェルダは素早くマリールーに指示する。

「急いで着替えるわ」

マリールーはこくんとうなずいて、素早く部屋に戻っていく。

「ミカル、子どもたちを玄関ホールで待たせて上げて、すぐに下ります」

「かしこまりました」

と頭を下げてから、ミカルはアウレリウスを見遣った。

「屋敷に入れてもよろしゅうございますか？」

アウレリウスはちらりとイェルダに目をやり、咳払いした。

「急用なら、致し方ないだろう」

「は」

ミカルが姿を消すと、二人は気まずく視線を逸らせた。

「とにかく、支度しなさい」

「は、はい」

イェルダは手早く着替えを済ませ、階下に降りて行った。

玄関ホールには、昨日のホームレスの子どもたちがビルを先頭に神妙な面持ちで並んで立っていた。

「おはよう、ビル、みんな。こんなに朝早くどうしたの？」

イェルダが優しく声をかけると、ビルは背後に目配せした。

「おい、前へ」

年少の少年二人が、おずおずと前に進み出てくる。彼らは手に持っていた品物を差し出した。盗難された煙草入れと灰皿とネックレスだ。ビルが生真面目な声でイェルダに言った。

「奥様、昨日、こいつらがお屋敷の中のものをくすねたんです。ヤサに帰ってからわかったんだ。俺たち、手癖が悪いのは生まれつきしょうがねえんだが、俺はこれだけはやっちゃならねえと思った。こいつらを厳しく叱って、二度とやらねえと反省させたんだ。この通り、盗んだ物は返す。だから、頼むから警察にこいつらを訴えたりしねえでくれ、お願いだ」

品物を差し出していた少年たちが、ベソをかき始める。

「ごめんさない奥様、もう二度としません」「奥様、どうか許してください」

イェルダは胸がじんと熱くなった。彼らがどのような思いで、こうして勇気を持って屋敷に罪を告白に来たかと考えると、心が震える。

前に進み出ると、しゃくりあげている少年たちの前にしゃがみ、諭すように声をかけた。

「間違いは誰にでもあるわ。あなたたちも出来心だったのね。ちゃんと反省しているのなら、警察に訴えたりなんかしません」

ビルを始めその場にいる子どもたち全員が、感動の面持ちになる。

ビルが声を詰まらせた。

「奥様、すまねえ。ありがとう。こんな俺たちを雇ってくれて、ほんとうに嬉しかったし、楽しかったし、ご飯も美味しかった。俺たち、一生昨日のことは忘れねえ」

子どもたちがいっせいに頭を深々と下げた。

盗みを働いた少年たちは、品物をミカルに手渡した。真珠のネックレスをミカルから受け取り、イエルダは大事そうに首に掛けた。

「このネックレスね、私の母から頂いた大事なものだったの。戻ってきてほんとうに嬉しいわ」

イエルダが責める言葉もなく微笑んだので、子どもたちは心を打たれたような顔になった。

「奥様、朝早くからお騒がせして、すまなかった。俺たち、もう行きます。さようなら」

ビルが子どもたちに合図した。

全員が背中を向け、ぞろぞろと玄関から出て行こうとした。

その時だ。

「待ちなさい」

階段の上から涼やかな声が響いた。

子どもたちもイェルダもハッとした。

階上にアウレリウスが立っていた。

きちんとグレイのモーニングスーツに着替えている。起き抜けとも思えない颯爽とした姿だ。

彼はゆっくりと階段を下りてきた。

子どもたちが目を丸くし、耳打ちし合う。

「あれが『幽霊公爵』様だ」「ちゃんと人間じゃん」「ハンサムだ」「すげえかっこいいな」

イェルダは素早く立ち上がった。もしかしたら、アウレリウスは許し難いと思って出てきたのかもしれない。

「アウレリウス様、子どもたちはこんなに反省していますから……」

「君たち、朝食はまだだろう？」

アウレリウスは穏やかに言う。

「少し待っていなさい。すぐに用意させる」

アウレリウスがミカルに目配せすると、彼はコクンとうなずき、急いで厨房に姿を消した。

イェルダは目を瞬いた。

「アウレリウス様……」

アウレリウスは情のこもった眼差しで見返してきた。

「食堂で、私たちと皆で食事を摂るのはどうだ？　食事は誰かと食べる方が、ずっと美味しいのだろう？」

　イエルダは感動で胸がいっぱいになる。

「ええ、ええ、もちろんです！」

　アウレリウスは子どもたちを見回した。

「君たち、今日の午後も庭仕事をするのだから、よく腹ごしらえをしておきなさい」

　ビルがパッと顔を綻ばせた。

「えっ？　も、もしかして、俺たちまだここで働いてもいいのかい？」

　アウレリウスは少し厳格な表情になる。

「無論だ。仕事はやりかけだ。まずまっとうすることからだ。ただ、過ちを許すのは今回限りだ。そうだろう？　イエルダ？」

　イエルダは鼻の奥がツンとした。潤んだ目でアウレリウスを見返し、何度もうなずく。

「もちろんよ、やるべきお仕事はいっぱいあるわ。みんなに存分に働いてもらわなくちゃ」

　わっと子どもたちから歓声が上がった。

「やったあ！　仕事ができた！」「このお屋敷の飯、すげえ美味いんだよな」「ばんざいぃぃ！」「ありがとう、奥様、ありがとう公爵様！」

　感極まった子どもたちが、二人をとりまいてはしゃぐ。

　アウレリウスの右手がそっとイエルダの左手を握ってきた。

「……アウレリウス様！　ありがとう！」

イェルダはあまりの嬉しさに、思わずアウレリウスに抱きついてしまった。

嬉《うれ》し泣《な》きしながら、アウレリウスの唇に軽く唇を押し付けた。

「っ――イェルダ」

アウレリウスは驚いたように目を見開いたが、しっかりイェルダを抱き留めた。

彼はイェルダの頬に流れる涙を吸い取るように、優しく口づけを返してくれる。そのまま、しっとりと唇が重なった。

「ん……」

イェルダは拒むことなく目を閉じて受け入れた。

「お前ら、見るな！　両手で目を隠せ！」

ビルがぴしりと子どもたちに命じた。

子どもたちは慌てて目を隠す。

だが皆、こっそりと指の隙間から、美男美女夫婦の口づけを盗み見ていたのである。


その後、ブルーノの心尽くしの朝食を皆で美味しく頂いたのち、午後にまた来ることを約束し、子どもたちは帰って行った。

イェルダは門扉で子どもたちを見送ると、屋敷に戻った。

アウレリウスはすでにその日の執務を行うため、書斎にこもっていた。

ほんとうは、今すぐにでも心からのお礼を言いたかったが、アウレリウスは書斎に他人が入ることを厳禁しているので、そこはぐっと堪えた。

その代わり、午後まで自室でマリールーに手伝ってもらい裁縫仕事をした。

アウレリウスの誕生日は来週なので、それに間に合わせるためのプレゼントの準備をしているのだ。ただ、こっそりと誕生日の企画を進めて、アウレリウスの意に染まなかったらどうしようと少し心配でもある。

以前はこんな不安な気持ちを持ったりしなかった。アウレリウスの塩対応など気にせずに、ただ無邪気にまっすぐに振る舞っていられた。

けれど、アウレリウスへの恋心が募るにつけ、彼に嫌われたくないと言う気持ちが強くなっていく。もちろん、王命の結婚なのだから、アウレリウスがイェルダのことをなんとも思っていないのは承知の上だ。閨で優しく振る舞うのは、きっと官能の快楽に酔っているせいだ。

好かれなくてもいいけれど、嫌われたくはない。

人は恋をすると、こんなにも臆病になってしまうものなのか。

「マリールー、この贈り物をアウレリウス様は受け取ってくださるかしら？」

裁縫の手を動かしながら、マリールーに不安げにたずねる。

傍で、イェルダを手伝っていたマリールーは大きくうなずき、自分の胸の前で両手を使いハートマークを作りそれをイェルダの方に突き出す。

「え？　どう言う意味？」

首を傾けると、マリールーはアウレリウスの部屋の方を指差し、再びハートのマークを作ってみせた。

「アウレリウス様が、私のことを好き？　と言っているの？」

マリールーがこくこくとうなずく。

イェルダは苦笑する。

「まさか、そんなはずないでしょう？　アウレリウス様は人嫌いなお方よ。私との結婚は陛下からのご命令で、仕方なく受け入れたのよ」

マリールーはくりくりした目でじっとイェルダを見つめ、首を横に振る。イェルダはマリールーが気を遣ってくれているのだと思った。

「ありがとう。あなたは優しい娘ね。さあ、頑張って進めましょう」

イェルダは裁縫に集中した。マリールーがそっとため息をついたことには気が付かなかった。

午後にはビルたちが勢揃いでやってきた。

イェルダも交え、皆で家庭菜園づくりに精を出す。

庭師のデニスは、子どもたちの細かい質問にも根気よく答え、指導してくれる。子どもたちは皆呑み込みがよく、作業はどんどん進んだ。特に、子どもたちのリーダー役のビルは、手際も勘もよい少年で、デニスは大いに気に入ったようだ。ビルを傍に置いて、熱心に説明をしている。

そんな様子を、イェルダは微笑ましく見ていた。

お茶の時間になると、子どもたちは言われる前に水場で手洗いをした。

マリールーとミカルがお茶とお菓子を載せたワゴンを押して、庭に現れる。

子どもたちが、わっとワゴンの周りに集まってきた。

「今日のケーキは、生クリーム添えのリンゴのパイでございます」

ミカルはパイを切り分けては皿に乗せて、子どもたち配る。子どもたちは夢中になってパクついた。皆、口の周りや鼻の先までクリームだらけだ。

「ほらほら、顔を拭いてね」

イェルダは笑いながら、子どもたちに布巾を手渡す。

そこへ、デニスが屋敷内から一台の古ぼけたオルガンを押して来た。足元に滑車がついていて、移動できるオルガンだ。

「奥様、お持ちしました」

「ありがとう。修理が無事終わったのね」

イェルダは庭の隅にオルガンを置かせると椅子を運んでもらい、その前に座った。軽く鍵盤を押してみると、素朴な音が鳴った。

「さあ、休憩時間に歌を歌って上げましょう」

イェルダの声に、子どもたちがオルガンの周りに集まってきた。

「奥様の歌だ」「早く聞かせおくれ」「早く早く」

「ふふ、せかさないで。しばらくオルガンを弾いてなかったから、上手《うま》く弾けるかしら」

イェルダはそう言いながら、暗譜している曲を弾き出す。それに合わせて、歌い始めた。

「この地に生まれし神の子たち　強くあれ自由の命　命の光永遠にあれ　命の光永遠に輝け」

子どもたちはうっとりとイェルダの美声に聞き惚れる。

ミカルもマリールーもデニスも厨房からブルーノも出てきて、目を細めて歌に聞き入った。

「奥様、ほんとうに歌がうまいなぁ」

ビルが感心したように言う。

「私ね、実家では子どもたちに歌の教室を開いていたの。クリスマスには、聖歌隊を組んで教会で歌ったりしたのよ」

「へえ、歌の教室かあ。いいなぁ」

ビルが羨ましげにつぶやく。

「みんなも歌いたかったら、歌詞のついた楽譜を用意するわよ?」

イェルダがそう言うと、子どもたちはどうしてかうつむいてしまう。ビルが苦く笑う。

「奥様、俺たち、字なんかろくに読めねえよ」

「え？」

「俺たち全員捨て子で、施設育ちだ。施設では朝から晩までこき使われて、読み書きも教えてもらえなかった。俺たちはあんまり辛くて、施設から脱走してホームレスになったんだ」

「……そうだったの……」

そこまで劣悪な環境に育ったとは思いもしなかった。

少し考えてから、イェルダは切り出した。

「だったら、週末に読み書きの教室を開こうかしら。勉強したい子には、教えてあげるわ。私は弟にお勉強を教えていたから、得意なのよ」

子どもたちの顔がパッと明るくなった。

だがビルが気を遣ったように答えた。

「とんでもねえよ。これ以上奥様に面倒かけれねえ。仕事をもらえるだけでも、充分ありがたいんだからさ」

「遠慮しなくていいのよ」

「いや、そこまで甘えられねえよ」

ビルがきっぱり断ったので、イェルダはひどく心打たれた。

「そう――でも、なにか私にできることがあれば、言ってちょうだいね」

「ありがとな、奥様。気持ちだけもらうさ。おい、みんな、そろそろ仕事に取り掛かるぜ」

ビルはほかの子どもたちに指示を飛ばした。

元気よく働き出した子どもたちの姿を、イェルダは少し物悲しい気持ちで見つめていた。

その日の晩餐の席で、イェルダはアウレリウスにビルたちの生い立ちを話して聞かせた。

アウレリウスは静かに耳を傾けていた。

「なるほど——」

彼はしばらく無言で食事をしていたが、おもむろに切り出す。

「どうだろうか。恵まれない子どもたちにための、無料の学校を設立するというのは？」

「えっ？」

アウレリウスは真剣な面持ちで続ける。

「孤児の公的施設は国からの補助金が足りていない。そのため、台所事情も苦しい。自然と杜撰《ずさん》な管理になってしまうのだろう。私はずっと国境線の防衛に気を取られていたが、この土地に住む人々の生活を豊かにすることも大事なことだと、気がつかされた。子どもたちは未来の国を作っていく宝だ。そのためにはきちんとした教育が必要だ。だから——」

イェルダは息を詰めてアウレリウスの話を聞いていた。

これまで、彼がこんなにも饒舌に話してくれたことがあったろうか。

アウレリウスは瞬きもせずにこちらを凝視しているイェルダに気がつき、言葉を止めた。

「私の話はおかしいだろうか？」

イェルダは首をブンブンと横に振る。

「とんでもない。素晴らしいです！　ホームレスのあの子たちを見ていて、私も思いました。皆、磨かれざる原石のような存在だと。きっと、恵まれない子どもたちはまだまだいると思います」

「そうだな。まずは、この街に学校を作ろう。場所や資金繰りなどいろいろ問題はあるだろうが、やってみる価値はある」

「ええ！　私もなんでもお手伝いします！」

イェルダは目を輝かせた。

アウレリウスがわずかに口角を持ち上げた。

「そうだな——頼むこともあるだろう」

アウレリウスが頼み事をしてくれるなんて——イェルダは感動で胸が熱くなる。涙が込み上げそうだ。

アウレリウスが不審そうな顔になる。

「どうした？　なにか変か？」

「いいえ、いいえ。嬉しくて……アウレリウス様からこのようなお話を聞けるなんて」

「大袈裟《おおげさ》だ。裕福な貴族が慈善活動をするのはよくあることだ」

アウレリウスはいつもの態度に戻りぷいっと顔を背け、目の前のデザートに取り掛かる。

イエルダはそれを照れ隠しの言葉だろうと思った。

この十年ずっと屋敷に引き籠もり、誰とも関わりを持とうとしなかったアウレリウスが、他人のために行動を起こそうとしているのだ。彼は自分が変わったことに気が付かないのだろうか。いや、もしかしたら変わったのではなく、本来のアウレリウスに戻りつつあるのかもしれない。

アウレリウスと暮らしているうちに、時折垣間見る《かいまみる》アウレリウスの真実の姿は、知恵と勇気に富んだ闊達《かったつ》な人物であると感じていた。

戦争の傷跡が癒えることがあれば、きっと——。

ぼんやりと考え込んでいるうちに、先に食事を済ませたアウレリウスはゆっくりと席を立った。そのまま食堂を出て行くのかと思ったが、彼はなにかぐずぐずしている。

アウレリウスは軽く咳払いした。

「こほん、イエルダ」

「はい、おやすみなさいませ」

「いや——」

アウレリウスはちらりと壁際に控えているミカルを見遣り、小声で言う。

「今夜はあなたの寝室に——行ってもよいか?」

イェルダは心臓が高鳴り、頬に血が上るを感じた。同じように小声で答えた。

「は、はい……」

アウレリウスはホッとしたように息を吐き、そのまま踵を返した。

イェルダは鼓動が速くなるのを感じながら、そっと彼の背中を見送る。

ミカルは知らんふりしてくれていた。

食後、湯浴みを済ませたイェルダは、洗い髪を拭いてくれているマリールーにそそくさと指示を出した。

「マリールー、今夜はもうお部屋に引き取っていいわ」

マリールーはまだ髪が乾いていないといった顔をしたが、すぐにそわそわしているイェルダの様子で察したのか、ぺこりと一礼すると自室に下がった。

イェルダはベッドに座ってタオルで髪を拭きながら、これからの夜の時間のことを想像して一人で赤くなってしまう。

「いやだ、私ったら期待してる……」

「何を期待しているって?」

「きゃっ」

いきなりアウレリウスに声をかけられ、イェルダはぴょんと跳び上がってしまった。手からタオルを取り落としてしまう。

寝巻き姿のアウレリウスはタオルを拾うと隣に腰を下ろし、イェルダの髪を拭き始める。

「脅かしてすまなかった。軍人だったからね、足音を立てないように訓練されているんだ」

「あ、髪なんか、私が……」

「やらせてくれ。その――あなたにきちんと謝罪したかった」

「謝罪？」

「ほんとうは、今朝謝りたかったが、子どもたちの来訪騒ぎで機会を失ってしまった」

彼は手早く手を動かした。

「さあ乾いた。こちらを向いて」

「はい――」

振り向くと、アウレリウスがじっとこちらを見つめてきた。いつになく柔らかな眼差しに、ドキドキしてしまう。

アウレリウスは少し逡巡《しゅんじゅん》してから、切り出した。

「昨夜、私はあなたに不愉快な態度を取った。子どもたちを悪人と決めつけ、あなたを傷つけた」

「いえ……彼らが盗みを働いたことは事実です」

「だが子どもたちは反省し、盗んだものを返し、あなたに罪を詫《わ》びた。正直、私は彼らに誠実な気持ちがあるなどと思っていなかった。あなたこそ、真に人を見る目があったんだ」

る。

「アウレリウス様――」

「大人気ない態度は私の方だった。このとおり、謝る」

アウレリウスは静かに頭を下げた。長い髪がさらりと垂れ、湯上がりの石鹸の甘い香りがする。

イェルダは胸がきゅうんとする。

「もういいんです。だって、アウレリウス様は子どもたちを引き留め、朝食を食べさせ仕事を続けるようおっしゃってくれました。それは私が内心望んでいたことで、それだけでもう十分過ぎるほどでした」

さっとアウレリウスが顔を上げた。眼差しが揺れている。

「では――許してくれるのだな？」

イェルダはコクリとうなずく。

「許すも何もありません。私たちは夫婦でしょう？　私は、互いに敬い助け合うのが夫婦だと考えています。形式的な夫婦だとしても、そういう気持ちはとても大事だと思うんです」

「形式的か――」

アウレリウスが少し苦い顔になる。この結婚は形式的なものと宣言したのは彼の方なのに、なぜか傷ついたような表情だ。

「仲直りできて、嬉しいです」

気持ちを込めて見上げると、彼も視線を絡めてきた。

見つめ合っているうちに、アウレリウスの視線が熱く熱を帯び始める。

「――触れてもいいか?」

「はい……」

イェルダは自ら寝巻きの釦《ぼたん》を外し、生まれたままの姿になる。

「――綺麗だ」

イェルダの真っ白い裸体に、アウレリウスは眩《まぶ》しそうに目を細める。

「そ、そんなに見ないで、恥ずかしいわ」

「自分から脱いでおいて、それはないだろう」

アウレリウスは穏やかな表情で、ゆっくりと身を寄せてきた。イェルダの額、こめかみ、目尻、頬と彼の唇が押し当てられる。最後に唇が重なった。

「ん……」

柔らかな触れ合いにぞくりと甘い痺れが背筋を下りていく。

アウレリウスはちゅっちゅっと音を立てて啄むような口づけを繰り返しながら、左手でイェルダの背中を抱え、右手でやんわりと乳房に触れてくる。直に肌をまさぐる生々しい感触に、あっという間に乳首がはしたなく尖ってしまう。

アウレリウスの指先がつん、と乳嘴の先端に触れただけで、びくんと腰が浮いた。

「あっ、ん」

アウレリウスが乳首を指先で挟みこりこりと抉ると、官能の刺激がどんどん下腹部に溜《た》まっていき、ひとりでに腰がもじついた。

やにわに噛み付くような口づけをされ、口腔内に彼の舌が押し入り、イェルダの舌を搦め捕って思い切り吸い上げた。直後、めくるめくような愉悦が全身を駆け巡り、思考が霞《かす》んで四肢がぴんと硬直した。

「んんんぅーっ」

鼻にかかった甲高い嬌声を上げ、イェルダは軽く達してしまう。

「は、はぁ、は、ぁ……あ」

濡れた唇を解放されると、イェルダはぐったりとアウレリウスの胸に倒れ込んでしまった。

アウレリウスはイェルダの背中をあやすように撫でながら、洗い髪に顔を埋め低い声でささやく。

「感じるのが、早いな」

「んぁ、あ、だって……」

それ以上は恥ずかしくて口にできない。

「一晩、離れて寝ただけで、身体が寂しかったのか？」

「そ、そんな、こと……」

「私は、寂しかった」

そう言うや否やアウレリウスは堪えきれないというような勢いで、シーツの上に押し倒してきた。

「あっ、あ、ぁあ」

ぷくりと膨れた乳嘴を咥え込まれ、少し乱暴に吸い立てられ、舌先で弾いてくると、じんじんと熱い快感が胎内を駆け巡り、しどけなく身体を悶《もだ》えさせてしまう。アウレリウスは両手でまろやかな乳房を寄せ上げるように掴むと、赤く色づいた左右の乳首を交互に啄む。

「あぁ、あ、やめ……そんな、に……」

感度の塊と化した胸の先端は、舌先で転がされるたびに、灼けつくような喜悦を与え、イェルダはあまりに感じすぎて動揺してしまう。

「あ、あ、そんなに、だめ、もう、しない、で……あ、乳首で……っ」

きゅーっと隘路が締まり、自ら痺れるような愉悦を生み出した。

アウレリウスが凝りきった乳首をこりっと甘噛みした途端、

「あ、あああああーっ」

イェルダは悲鳴のような嬌声を上げ、全身を波うたせて絶頂に達してしまった。頭の芯がぼうっと蕩けてしまった。

「……は、はぁ……ぁ、あ……」

アウレリウスは乳房の狭間から顔を上げると、熱っぽい顔でささやく。

「乳首だけで達ってしまった？」

「……や……ぁ……」

こんなに感じやすいのは初めてで、恥ずかしくて顔を赤らめることしかできない。

アウレリウスの右手が股間をまさぐり、節くれだった中指がぬるりと花弁に沈んできた。熱く潤んだ箇所にひんやりした指が侵入してくる感触に、ぶるりと腰が震える。

「ひゃ、う……っ」

「もうびしょびしょだ。触れてもいないのに、こんなに濡らして――」

アウレリウスが蜜口を中指でぐちゅぐちゅと掻き回すと、飢えた媚肉が与えられた刺激を貪り、きゅんきゅん収縮して新たな快感を生み出す。

「あ、あぁ、も、指、しないで、あ、は、やだ、またぁ……っ」

恥ずかしいのに、このまま指でも達かせて欲しくて、腰が求めるように前に突き出てしまう。するとアウレリウスの指は焦らすみたいにするりと膣内から抜け出ていった。

「あ、やぁん」

思わず非難めいた鼻声を上げてしまった。

アウレリウスがぞくりとするほど色っぽい表情で見下ろしてくる。

「欲しくてしかたないようだね」

「……ぅ……」

イェルダは潤んだ瞳で彼を見つめ、小さくうなずいた。もう恥もなかった。媚肉が辛いほど蠕動を繰り返し、ここを埋めてほしいと渇望する。

「素直ないい子だ」

アウレリウスがおもむろに寝巻きを脱いでいく。引き締まった肉体を目にしただけで、また内壁がつーんと甘く反応し、達してしまいそうになった。

「あ、ぁ、早く……」

待ちきれず、腰を振り立てて催促してしまう。

するとアウレリウスはイェルダの細腰を抱えこみ、そのまま仰向けになった。イェルダは彼の上に跨がるような格好になった。

「今夜は自分で挿入し、動いてごらん」

艶やかで長いアウレリウスの金髪がシーツの上に広がり、端整な顔をさらに引き立てる。

「え、そんな……」

自分から動くなんてはしたない行為、できるだろうか。だが、全身がアウレリウスを欲している。

「う、ぅ……」

天に向かって雄々しくそそり勃っているアウレリウスの欲望を目にすると、もはや居ても立ってもいられなかった。

おずおずと彼の股間に跨がり、両手を腹筋の割れた腹部に付き、ゆっくりと腰を下ろしてみた。綻んだ花弁に灼熱の先端が当たると、それだけで腰が蕩けそうになった。だが、濡れそぼった蜜口はぬるぬると滑り、容易に挿入できない。

「ん、んっ……や、ぁ。挿入《はい》らない……」

イェルダは焦れた声を漏らしながら揺く腰を揺らしたが、締まりのよい入り口はつるつると滑ってしまう。

「ふ——仕方ないな」

アウレリウスが自分の肉茎の根元に手を添えて固定してくれた。

「このままゆっくり腰を下ろしてごらん」

「は、はい……」

言われるままに腰を沈めると、膨れ上がった亀頭がぬくりと蜜口に侵入してきた。

「く、あ、は、挿入って、あぁ、挿入って、くる……ぅ」

熱く熟れた濡れ襞が押し開かれ、硬い屹立に内部が満たされていく感覚に、ぞくぞくと肌が粟《あわ》だった。

根元まで呑み込んで、臀部《でんぶ》がぺたりとアウレリウスの下腹部に当たった。

「はあっ、あ、奥、まで……」

やっと最奥まで満たされて、イェルダは深く息を吐いた。

「そのまま、自分で動くんだ。気持ちよくなるように」

「は、い、んん、ぁ、あん」

そろそろと腰を持ち上げると、柔襞を巻き込んで太竿が抜け出ていく感触に、背中に激しい戦慄が走り、動きを止めてしまう。

「そのまま、動いて」

アウレリウスに促され、亀頭の括《くび》れまで引き抜き、再び最奥まで腰を落とす。

「あ、んん……」

何度も繰り返していると、慣れない体位への恥じらいも薄れ、次第に夢中になっていく。

「あ……ぁあ、あん、ぁあ……ん」

自分の気持ちのよいところを探りながら動いているうちに、上下に腰を揺するだけではなく、奥に咥え込んだまま前後に動くと、剛直の根元に秘玉が擦れて、さらに心地よくなるのに気がついた。

「……はぁ、は、あぁ、あぁ、ん、あぁ……」

悩ましく腰を揺らし、淫らな行為に耽《ふけ》っていると、下からアウレリウスの両手が伸びてきて、乳房を掴《つか》み上げた。彼は乳首を爪弾きながら、悶えるイェルダの姿をじっくりと鑑賞する。

「いいね、とてもいやらしい顔をしている」

「や、あ、言わないでぇ……」

「すごく感じているんだね。奥がきゅっと吸い付いてくる」

どんどん感じ入ってしまったイェルダは、腰の使い方が大胆になっていく。体重をかけて腰を落とすと、張り出した亀頭が子宮口の奥の奥まで届いて、四肢が甘く痺れた。

「んん、ぁ、あぁ、奥、あ、当たる、当たって……」

喘ぎながら腰を使うと、ぐちゅんぐちゅんと愛液が弾ける淫猥《いんわい》な水音が響く。

「その顔――あどけないのに色っぽくて、ぞくぞくする」

アウレリウスは酩酊した顔でイェルダを凝視する。

イェルダが深く腰を下ろしたタイミングで、彼が声をかけた。

「イェルダ、そのまま足を広げてごらん」

「え……こ、こう……？」

股を広げると、結合部がアウレリウスから丸見えになってしまった。

「ああいい眺めだ。真っ赤に熟れてぬら光るあなたの中に、私のものがずっぷりと呑み込まれている」

「ああ、やあっ、言わないで……っ」

慌てて足を閉じようとしたが、それより早くアウレリウスの両手が太腿を押さえ込んだ。

「全部、見せておくれ」

「あ、う……」

イェルダは羞恥に頭の中がくらくらした。思わず目を閉じてしまう。

アウレリウスからは、興奮に膨れ上がった秘玉も、愛液にまみれた剛直を頬張《ほおば》ってひくついている媚肉も、なにもかも見えているだろう。

「そ、そんなに見ないでください……」

「いやもっと見てやろう」

意地悪い声で言われると、ぽってり膨らんで赤く染まった陰唇がひくひくわななき、なぜかよけいに興奮してしまう。

「恥ずかしい格好を見られて、感じているね。ほら、またいやらしい蜜がとろとろと溢れてきた」

「いやぁ、違うのぉ……」

「違わない。もっと欲しいのだろう?」

そう言うと同時に、アウレリウスはいきなり下からずん、と腰を突き上げた。

「んんーっ、はうんん……っ」

硬い切先で勢いよく最奥を抉られ、イェルダは瞬時に絶頂に飛んでしまった。

「あげるよ、いやと言うほど」

アウレリウスはずんずんと激しく腰を使い出す。

「あっ、あぁ、あ、だめぇ、そんなに、突いちゃ……っ」

イェルダは長い髪を振り乱し、いやいやと首を振る。

「いや、いっぱい突いてあげよう」

アウレリウスはイェルダの細腰を抱えると、がつがつと腰を穿ってきた。

「あああ、ああ、奥、あ、奥、当たって、あ、あぁぁぁ」

達したばかりだというのに、次から次へと新たな喜悦が襲ってきて、イェルダはあられもない声を上げながら、背中を弓形に反らし繰り返し絶頂を極めた。

アウレリウスは繋がったまま上体を起こし、イェルダの腰を抱えて向かい合わせの体位になった。そして、がつがつと腰を穿ちながら、目の前の揺れる乳房に顔を埋め、ひりつく乳嘴を甘噛みしてきた。

「ひゃうっ、あ、やぁ、あぁあ」

「く――ここを攻めると一段と締まるな」

アウレリウスが熱に浮かされたように低い声でつぶやく。

「顔を見せろ」

「んやぁ、あ、だめ、見ちゃぁ……」

悦楽にはしたなく歪む顔を直視されたくない。

「乱れるあなたをもっと見たい」

アウレリウスはそう言うや、今度は横向きにシーツの上に押し倒し、イェルダの左足を肩に担ぎ右足を大きく開くような体位にさせた。

「あうっ、いやぁ、こんな格好……っ」

「あなたの恥ずかしいところが全部見える」

アウレリウスはずぐずぐと鈍い音を立てて抽挿を繰り返す。

「いやぁっ、見ないで……恥ずかしい……っ」

「恥ずかしいのがいいのだろう？　どんどん濡れてくる」

確かに、秘所にアウレリウスの視線を感じるだけで、隘路から新たな愛蜜がじゅわっと溢《あふ》れ出してしまう。

「また溢れてさせて——いいね、すごくいい」

アウレリウスは艶めかしい声でささやき、亀頭の括れぎりぎりまで怒張を引き抜くと、力まかせに突き入れた。

「あぁあ、あぁああっ、んんっ」

激烈な快感にイェルダの内壁が目まぐるしく蠢動《しゅんどう》する。数えきれないほど達した媚肉は熱く熟れて、きつくアウレリウスの欲望に吸い付き締め付けてしまう。

「く——これは堪らない」

アウレリウスが吐精に耐えるような声を漏らした。

彼も心地よく感じてくれていることが嬉しくて、イェルダは羞恥心を忘れて奔放な喘ぎ声を上げ続けた。

「あぁん、あ、あん、あぁ、アウレリウス様……っ」

「いいか？　気持ちいいか？　イェルダ」

「んんぅ、い、いい、気持ち、いい……っ」

「私も、とても悦い」

二人の体温も鼓動も呼吸もひとつに溶け合い、同じ高みを目指して駆け上る。

イェルダの頭の中は空っぽになり、ただアウレリウスの灼熱を受け止め全身で感じることしか考えられない。

「ふぁ、あ、も、あ、もう、だめ、あ、も、達く、あ、達っちゃう……っ」

最後の喜悦が襲ってきて、脈打つ熱い肉楔をキツく咥え込みながら、イェルダの腰が小刻みに痙攣する。

「く——もう出る——っ」

アウレリウスが最奥で雄茎をどくんと大きく脈打たせた。

熱い白濁の奔流がびゅくびゅくとうねる粘膜の中へ吹き上がる。

「あ、あぁ、あぁあ、熱いの……いっぱい……」

二人はほぼ同時に極め、息を詰めてびくびくと全身を波打たせる。アウレリウスは最後の一滴まで絞り出すように、二度、三度と大きく腰を打ちつけた。

そしてすべてが終わり――二人は乱れた呼吸を繰り返す。

アウレリウスがゆっくりと抜け出ていくと、どぷりと白濁液が掻き出され、淫らに粘膜を濡らした。その生温かい感触にすら、ざわっと背中がおののく。

「……は、んっ……はぁ……」

快楽の余韻はしばらく去らず、イェルダはぴくぴくと腰を震わせ続けた。

アウレリウスがゆっくりとイェルダの上に崩れ落ちてくる。

「ん……アウレリウス様……」

イェルダの胸に顔を埋めたアウレリウスの長い髪を、そっと撫《な》で付けた。

身も心も充足したこの瞬間、彼への愛《いと》おしさをひしひしと自覚する。

(好きです――アウレリウス様)

イェルダは心の中でそっとつぶやき、気だるい陶酔感に身を委ねた。

第四章　美貌の公爵、外へ

かくして、『幽霊屋敷』は日に日に活気を増していった。

屋敷の内外はどんどん掃除と改修がなされ、見違えるように明るく住み心地が良くなった。

ホームレスの子どもたちは熱心に働き、すっかりイェルダになついた。

アウレリウスはほとんど彼らの前に姿を出すことはなかったが、もはや子どもたちは「幽霊公爵」などとは呼ばなくなった。

そして——アウレリウスの誕生日当日となった。

イェルダは彼より先に食堂に待機し、あらかじめミカルたちと打ち合わせて、灯《あか》りを落とした。

アウレリウスが食堂に入ってきた。

「？」

彼は食堂の中が暗いので、不審そうに足を止めた。

その瞬間、イェルダは手持ちの銀の燭台《しょくだい》にミカルに火を点《つ》けてもらうと、前に進み出た。この日のために用意した、薄紫色の袖なしの大人っぽいディナードレスに着替え、お気に入りの母から贈られた真珠のネックレスを付けた。

「あなたが生まれた日　太陽は輝き　小鳥は囀り　神様が祝福を与えたもうた　あなたが生まれた日　風は優しくそよぎ　木々は緑に潤い　天使たちが祝福を与えたもうた」

イェルダは朗々とした声で歌い上げる。

アウレリウスは呆然と立ち尽くしていた。

歌い終わると、イェルダはにっこりと微笑んだ。

「お誕生日、おめでとうございます、アウレリウス様」

背後に控えていたミカル、デニス、ブルーノがいっせいに声を揃えた。

「お誕生日、おめでとうございます」

マリールーは満面の笑みで祝う。

アウレリウスはまだ棒立ちだ。

ミカルが素早くテーブルの上の燭台に灯りを点《とも》して回ると、他の者たちと共にさっさと食堂を出て行った。

二人きりになる。

イェルダはアウレリウスがあまりに無反応なので、少し心配になった。

「あの……もしかして、誕生日の日を間違えましたか?」

おずおずとたずねると、アウレリウスが瞬きをした。

「いや――今日だが」

イェルダはぱあっと破顔する。

「よかった！　サプライズパーティーですから、驚いてもらわなくては。さあ、お座り下さい」

イェルダはテーブルの上の料理を手で示す。

グリルチキン、野菜のスープ、シャンパンのグラス、粉砂糖をかけた丸いケーキなどが並んでいる。

「このお料理、全部私が作ったんですよ。実家でよく作ったささやかなご馳走ですけれど」

「――そうか」

アウレリウスはぎこちなく席についた。

イェルダは隣に座ると、用意していたプレゼントの箱を差し出す。

「これは私からのプレゼントです」

受け取ったアウレリウスはじっとそれを見つめている。

「ほら、開けてくださいな」

「あ、ああ」

　アウレリウスが箱のリボンを解き、中を開く。鮮やかなコバルトブルー色の上着が出てきた。袖口と裾に、ハンメルト家の紋章であるオリーブの葉が刺繍されてある。

「これは──？」

「私が縫ったんです。お裁縫は得意なんですよ。アウレリウス様はいつも落ち着いたグレイのスーツをお召しでしょう？　でもまだ三十歳なのですから、このような明るい色の上着もきっとお似合いだと思うのです」

「──そうか」

　反応が薄くて、イエルダは少しがっかりしてしまった。このような賑やかしいお祝い事は、アウレリウスの意に染まなかったのだろうか。

「あの──ごめんなさい。私、はしゃぎすぎたでしょうか？」

　しょんぼり言うと、アウレリウスがたどたどしく答えた。

「いや、誕生祝いなど久しぶりで、少し驚いただけだ」

「なら、よかったわ。さあ、乾杯しましょう」

　イエルダは気を取り直し、シャンパンのグラスをアウレリウスに手渡す。自分のグラスも持ち上げ、彼のグラスに軽く合わせた。

「おめでとうございます」

「うん」

アウレリウスはゆっくりとグラスを飲み干した。彼はグラスを置くと、静かに言った。

「ありがとう、イェルダ」

イェルダは心臓がドキンと大きく跳ねた。アウレリウスに感謝の言葉をもらうのは、初めてのことだ。ドキマギしながら料理をすすめる。

「いいえ、たいしたことはしておりません。さあ、チキンをどうぞ。お庭で採れたハーブを使っているんですよ」

アウレリウスはチキンにナイフを入れ、口にした。

咀嚼する彼の顔をイェルダはじっと見つめる。

「ど、どうですか？　お味は？」

アウレリウスはうなずく。

「とても美味しい」

素直に言われて、感動で涙が出そうになる。慌てて目元を拭い、自分も食事を始めた。

「――私の両親は夫婦仲が悪くてね――」

ぽつりぽつりとアウレリウスが話し出した。

イェルダは息を潜めて、アウレリウスの話に耳を傾ける。

「私が物心がついた時には、母は屋敷を出て父と別居していた」

「そうだったんですね……」

「父は陛下より名誉騎士の称号を頂いた生粋の軍人で、私を厳しく躾《しつ》けた。誕生祝いなど特別なことは何もしなかった。どんな時でも決して、笑ったり浮ついたりせぬよう厳命されていた。私はずっと——自分の感情を表に出すことを、騎士として恥ずかしいことだと思っていた」

「そんなこと、決して恥ずかしいことではありません」

「その通りだ——私は王立騎士団に入って、とある同僚にもそう言われた。嬉しいことは嬉しい、楽しいことは楽しいと思うことは当たり前だと、その男に教えられた。私は、初めて親友と呼ぶべき人物に邂逅《かいこう》したんだ」

「その人は、とてもいい人だったのですね」

「——」

ふいにアウレリウスが押し黙ってしまった。これ以上は言いたくないことがあるのだろう。

だが、彼が自分のことを話すのは初めてことだった。

やっと心を開いてくれた——イェルダはじんと胸が熱くなった。

「——その親友と出会った時、私は目の前に新しい世界が開けるような気がしたんだ」

アウレリウスは食事の手を止め、まっすぐにイェルダを見つめてきた。

「同じ気持ちを、あなたに感じている」

「え……？」

「あなたは——おしゃべりで呑気で少し軽率なところがあるが——それを私は、好ましいと感じている」

感情を発露するのが苦手だというアウレリウスの言い方は、ひどく堅苦しい。

それでもイェルダは胸が高鳴る。

「そ、それって、私のこと好きだということですか？」

アウレリウスは口ごもった。

「あなたの存在は――心地よいと思う」

少なくとも嫌いではないらしい。いや、親友と同じ感情を抱いたくれたというのだから、それは好きだということだ。

「よかった！　私もアウレリウス様のこと、好ましいと感じています！」

にっこり笑って返すと、アウレリウスの白皙の目元がかすかに赤らんだ。

「そうか」

「ええそうですとも！　これからも、もっと好ましくなりましょう！」

嬉しい、嬉しい。

イェルダは目を輝かせ頬を染めた。

「アウレリウス様、どうかプレゼントのスーツを、着てみてください」

「うむ」

アウレリウスは箱からスーツを取り出すとゆっくりと袖を通した。サイズはぴったりだ。青いスーツに金髪が映え、絵本の中の王子様みたいに格好がいい。アウレリウスは少しはにかんだようにたずねた。

「どうか？」

「素敵！　よく似合うわ！　ぐんと若々しくなりました。お日様の下にでたら、いっそう映えますよ。明日はその上着を着て、一緒に街に散歩でも行きませんか？」

「行かぬ」

「――ですよね……」

にべもなく断られて、少し調子に乗ってしまったとしゅんとする。

でも、今夜の誕生祝いはおおむね大成功だ。

「では、ケーキを切りましょう。ヨハンセン家秘伝のレシピなんですよ。バターを使わずにふんわり焼くので、とても口当たりがいいの。ええと、三十歳ですから三本だけ蝋燭《ろうそく》を立てましょう」

イェルダはケーキの上に小さい蝋燭を三立て、マッチで火を点けた。ケーキをアウレリウスの前に置くと、歌い始める。

「あなたが生まれた日　太陽は輝き　小鳥は囀り　神様が祝福を与えたもうた　――はい、どうぞ」

アウレリウスはポカンとしている。もしかしたら、やった経験がなかったのか。イェルダは慌てて口添えする。

「アウレリウス様、蝋燭を吹き消してください。一気に」

「あ、うむ」

アウレリウスがひと吹きすると火はあっという間に消えた。

イェルダは拍手する。

「おめでとうございます！」

ケーキを切り分け、アウレリウスに一皿を差し出す。受け取ったアウレリウスは、じっとケーキを見つめた。

「こんなふうに祝うものなのか——今夜の誕生日は、忘れがたい日になりそうだ」

彼の口調はしみじみとしていた。

イェルダは、アウレリウスの寂しい少年時代を想像し、少し泣きそうになった。でもあくまで明るく言う。

「なにを言っているのですか。これから毎年、私が大々的にお祝いしますから。次のケーキには、年齢分の蝋燭を立てて吹き消してもらいます」

「三十一本か。たいそうだな」

アウレリウスが口角を持ち上げて笑みのようなものを浮かべる。

「ふふっ」

イェルダが笑うと、アウレリウスが目を細める。

「あなたの笑顔は好ましい」

「うふふっ」

イェルダは嬉しくてますます笑みを深くしてしまう。


翌日。

イェルダはマリールーをお供に、街に出かけた。誕生日の上着が気に入ってもらえたようなので、アウレリウスのためにもっと衣服を縫ってあげたいと思った。そのための新たな布や糸を調達したかった。

庭仕事や屋敷の改装などの監督は、ミカルに頼んだ。

アウレリウスは二階の窓のカーテンの隙間から、イェルダが外出するのを眺めていた。

昨日の誕生祝いは、本当に驚きだった。

イェルダの手作りの料理や手縫いの上着のプレゼントは胸に沁《し》みた。

この屋敷に嫁いできてから、彼女がどんなに屋敷や自分のために心を尽くしてくれたかしみじみと思い返す。

庭の方からは、ビルたちの明るく張り切った声が聞こえてくる。時折、イェルダが教えたらしい歌声も聞こえてくる。

『幽霊屋敷』がいつの間にか生き返っていた。

脳裏に、かつての親友の姿が浮かび上がる。

『嬉しいことは嬉しい。楽しいことは楽しい。それでいいんだよ、アウレリウス』

「フェリクス――」

親友の明るい姿を思い出すのは久しぶりだ。これまでは、彼に対して憎悪の感情しか湧かなかった。憎しみはまだ消えてはいない。だが、確かに彼との素晴らしい時間もあったのだと、思えた。そう思わせてくれたのは、イェルダだ。

アウレリウスはクローゼットに歩み寄り、開いた。

プレゼントされた上着がハンガーに掛けてある。グレイと黒ばかりの服の中で、それは異彩を放っている。

快晴の空のような色合いだ。

アウレリウスは上着を手に取った。


街に到着し、マリールーに日傘を差し掛けてもらいながら、イェルダはぶらぶらと大通りの店を覗いた。欲しい品物を調達し、帰りにビルたちになにか美味しいお菓子でも買って帰ろうかと思っていたときだ。

と、

「ごきげんよう、ハンメルト夫人」

背後から声をかけられた。

振り返ると、エマとその取り巻きの令嬢たちがなにやら怖い顔して立っている。

「あら、皆さんごきげんよう。良い天気ですね」

イェルダがニコニコと挨拶するが、彼女たちは強張った表情のままだ。エマがつかつかと歩み寄ってくる。

「ハンメルト夫人、つかぬ噂を耳にしたのですが」

「え、なんでしょう？」

「お宅に、薄汚いホームレスたちが何人も出入りしているとか」

ビルたちのことを言っているのだ。イェルダはかっと頭に血が上りそうになった。

「薄汚くなんかないわ。きちんとお風呂に入れて、きれいなお洋服を着せています」

「やっぱり、出入りさせているのね。どういうおつもりなの？　あんなコソ泥たちを集めて、街の治安が悪くなるでしょう？」

「お言葉ですが、彼らはコソ泥なんかではありません。きちんとお給金をもらって、うちで働いてもらっているんです」

「なんですって？　よりによってあんな無法者たちを雇っているの？」

エマの言葉に、取り巻きの令嬢たちがまあっと嫌そうに声を上げて顔を見合わせる。

「それと、奥様は、私の招待状にお断りをしてきましたわよね？」

「え、ええ――いろいろ忙しくて都合がつかなくて……」

イェルダが口ごもると、エマが勝ち誇ったように言う。

「そうではなく、旦那様が引き籠もっておられるからでしょう？　噂では心の病にかかられて幽霊みたいにお暮らしだということでしたわね。素性の知れない子どもを集め、旦那様は病んで引き籠もり、奥様は社交界とのお付き合いもいっさいしない――そんなことで、この土地でずっと暮らしていかれるおつもり？　この街の貴族社会に対して失礼だと思いません？」

「そ、そんなこと……」

「ああ、評判なんてお気になさらないのね。そもそも、奥様はハンメルト公爵家の財産目当てでこちらに参られたんでしたっけ。ご自身がやましいのですものね」

エマの取り巻きの令嬢たちがくすくす笑う。

マリールーが顔を真っ赤にし、前に進み出ようとした。今にも令嬢たちに殴りかからんばかりの剣幕《けんまく》だ。イェルダが慌てて腕を掴んで引き止める。

「いけないわ、マリールー」

エマが首を竦める。

「おおこわ。使用人も無礼者なのね」

イェルダは唇を噛んで、その場を離れようとした。

「私の妻を悪く言うのはどなたかな？」

突然、艶めいた低音ボイスが聞こえてきた。

その場にいるもの全員がハッとする。

イェルダは目を見開いた。

目の前の歩道に、アウレリウスが立っていたのだ。

コバルトブルーの上着を颯爽と着込み、白いトラウザーズ、純白のシルクハットを粋に被り、象牙の上等な杖《つえ》を手に持っていた。まるでファッション雑誌から抜け出てきたように垢抜《あかぬ》けて格好がいい。その上に、艶やかな金髪に目も覚めるような美貌。

エマたちは魅了されたようにアウレリウスを見つめている。

アウレリウスは背筋をピンと伸ばして、イェルダに歩み寄ってきた。彼はすっと右肘を曲げて差し出す。イェルダは心得たようにそこに自分の左手を預けた。

アウレリウスは軽くシルクハットを持ち上げて、優雅に挨拶する。

「オルソン男爵令嬢、お友だちのご令嬢方、ごきげんよう。私がハンメルト公爵です」

アウレリウスがあまりに美麗で洗練されているので、エマたちは呆然として声もない。

「妻がオルソン家の舞踏会に招待されたそうですね。喜んでご招待承ります。無論、夫婦同伴でお伺いいたしますよ」

エマは気圧《けお》されたように小声で答えた。

「え、あ、ええ、お、お待ちしておりますわ」

「では失礼。私は妻と散歩の約束がありますので。行こう、イェルダ」

「は、はい」

二人は背中を向け、並んで歩き出した。その後を、マリールーが足取り軽く付いていく。

エマたちが呆然と見送っている視線を背中に感じる。

イェルダは白昼夢でも見ているのかと思った。あれほど外に出ることを拒絶していたアウレリウスが、当たり前のように並んで歩いている。

しばらくしてから、アウレリウスが憤然として言った。

「根拠もない噂話《うわさばなし》であなたに無礼を働くなど、許し難い」

「あ、あの……外出などしてよかったのですか？」

おずおずとたずねると、アウレリウスが表情を和らげて答える。

「散歩に誘ったのはあなただろう？　せっかくのお誘いだし、それにあなたに見せたい場所もあった」

「見せたい場所ですか？」

「もう少し先だ」

通りの角を曲がると、目の前に広い空き地があった。

「ここだ。無人の古い屋敷が建っていた土地を買い取って、更地にさせたんだ」

アウレリウスが空き地に手を差し伸べる。

「ここに、恵まれない子どもたちのための学校を建てよう」

「っ――」

以前二人で話していた計画を、アウレリウスは着々と進めていたのだ。

「幼児教室から高等学校まで網羅し、棲《す》み家のない子どもたちのために、寄宿舎も建てようと思う。優秀な生徒には大学進学の奨学金も出すつもりだ」

イェルダは未来の学校の様子を思い浮かべ、胸がいっぱいになる。

「素晴らしいわ、素晴らしいです」

涙ぐみながらぎゅっとアウレリウスにしがみついた。

「私のために、無理をして外出なさってくださったことも、とても嬉しいです」

アウレリウスは目を細めてイェルダを見つめていたが、

「その先が川べりで、よい散歩コースだ。もう少し歩こうか」

と、促す。

「はい」

イェルダは深くうなずいた。寄り添って川べりの散歩道を歩く。

通りすがる人々が、絶世の美男美女のカップルに目を奪われている。

大きな樫《かし》の木の下までくると、アウレリウスは立ち止まり大きく伸びをし深呼吸した。

「空気が美味い。風が心地よい」

彼は晴天の青空を仰ぐ。

「何年ぶりだろう。このように清々《すがすが》しい気持ちになったのは」

金髪をなびかせて空を見上げている彼の姿は神々しいまでに美しく、イェルダはぼうっと見惚れてしまう。

「ところで――オルソン男爵家の舞踏会の件だが」

「あ、それなのですが。恥ずかしながら私の家は貧しく、社交界には出入りしていなかったので……マナーもダンスもろくに知らないんです。このままではアウレリウス様に恥をかかせてしまいます。ですからお断りした方が――」

「心配ない。私がマナーもダンスも教えてあげよう。あなたは賢いから、すぐに呑み込むだろう。そうだな、新しい夜会ドレスを新調するといい」

「そこまでは――」

「なにを言う。実質の社交界デビューなのだろう？　うんと煌《きら》びやかに華々しいものにしてやろうではないか」

「……アウレリウス様」

あまりに信じられない嬉しい驚きばかりで、うまく言葉にならない。

「さて、そろそろお茶の時間だし帰ろうか。ビルたちがあなたの歌を楽しみにしているしね」

「はいっ」

元気よく答え、大通りまで腕を組んで歩いた。

道すがら、アウレリウスがさらりと言う。

「これから週末は、二人で散歩に出ることにしよう」

イエルダは胸が躍る。

「毎週、ですか？」

「毎週だ。外の空気を吸うのは健康にいい」

イエルダはまた涙ぐみそうになる。それを我慢して、切り出した。

「では、いずれはお屋敷の窓も開けてよろしいですね？　外の空気は健康にいいのですから」

アウレリウスはしてやられた、という顔になったが、すぐにうなずいた。

「――そのうちにな」

「うふふ」

イエルダが泣き笑いの顔で見上げると、アウレリウスは目元を染めた。

そんな二人の様子を、マリールーはニコニコと見守っていた。

二人で揃って帰宅すると、出迎えたミカルもデニスもビルたちも唖然とした。アウレリウスは一人でこっそりと外出したらしい。

「だ、旦那様っ。お、お出かけになったのですか？　なんという奇跡でしょう」

ミカルは声を震わせた。

「おおげさだ。外出くらいで」

アウレリウスは照れ隠しなのか、わざとそっけなく答える。

「それより、月末にオルソン男爵家の舞踏会に夫婦で出席する。早急に、奥の馬小屋を整備し、良い馬車馬と新しい馬車と専用の御者を手配してくれ。ハンメルト公爵家が、まさか辻馬車で招待された家に乗り込むわけにはいかないからな」

「かしこまりました。最速で手配します」

ミカルはいそいそと動き出した。

ビルたちが耳打ちし合っている。

「すげえ美男美女」「公爵様かっこいいよな」「奥様は幸せもんだな」

そこへブルーノがお茶のワゴンを押して現れる。

「お疲れ様です。今日のケーキは、奥様直伝のふんわりケーキです」

子どもたちがわっと歓声を上げた。

イェルダは庭のベンチにアウレリウスを招く。

「さあ、アウレリウス様も子どもたちと一緒にお茶を召し上がれ。私はなにか素敵な歌を歌いましょう」

「ああ」

アウレリウスは素直にベンチに腰を下ろした。彼の周りに子どもたちが集まって、思い思いの場所に座る。

イェルダはデニスが運んでくれたオルガンの前に座り、明るい曲を奏で始める。

「誰も皆　神の子　誰も皆　神の祝福をうけたもう」

イェルダが澄んだ声で歌い出すと、誰もがうっとりと聞き惚れた。その声は屋敷外にも響き、道行く人々が足を止めて聞き入るほどだった。

いよいよ――オルソン男爵家主催の舞踏会当日となった。

煌びやかに着飾った人々は、あの「幽霊公爵」が人前に姿を現すらしいという話題で持ちきりであった。

かつてはアウレリウスと顔見知りだった人々もいて、どんなに変わり果てた姿になっただろうと心配や好奇心こもごもであった。

派手なドレスに身を包んだエマは、苛立たしげな表情である。

「ふん、きっとあの奥様は怖気ついて来ないに違いないわ。ひどく落ちぶれた伯爵家の御令嬢だったそうですもの。社交界にもろくに出入りしてなかったそうだし、にわかに貴婦人ぶっても恥をかくだけよ、そうでしょう?」

彼女は取り巻きに毒づいた。

取り巻きの令嬢たちは眉を顰め、ひそひそ話をする。

「お聞きになった? 以前、オルソン男爵家からハンメルト公爵様に、エマ様の縁談話をもちかけたそうなの。でも、すげなく断られたそうよ」「ではエマ様がハンメルト夫人を目の敵にするのは、恋の恨みですのね?」「あらまあ、はしたない」

エマがジロリと取り巻きたちを睨んだので、彼女たちは慌てて口を噤《つぐ》んだ。

ほどなく、呼び出し係が声を上げた。

「ハンメルト公爵夫妻のご到着です」

ざわめいていたフロアが、一瞬しんと静まった。

アウレリウスとイェルダが寄り添って入場してきた。

アウレリウスはダークな色合いに少しいぶし銀が混じった燕尾服《えんびふく》をエレガントに着込み、長い金髪は綺麗に梳《くしけず》られ、顔の左半分を覆っているスタイルも斬新な印象を与えた。長身で引き締まった肉体にすらりと手足が長く、彫像と見紛《みまが》うばかりに整った美貌は近寄りがたい迫力があった。

一方のイェルダは、ほっそりした首とすんなりした肩を露出するオフショルダーの夜会ドレ

ス姿だ。ライラック色の光沢のある絹のドレスは、繊細なレースやリボンで気品を損なわないくらいに飾られてあり、襟ぐりは深くウエストは思い切り絞り、スカートはふんわりと広がっている。プラチナブロンドの髪はポンパドール型に結い上げ、ドレスと同じ色のフリルがあしらわれたリボンで飾ってある。アクセサリーは真珠のネックレスのみで、それがイェルダの清楚な美しさをより引き立てていた。エキゾチックな琥珀色のぱっちりした瞳と色白の小作りの顔は眩しいほど美しい。

絵に描いたような美男美女のカップルの登場に、その場にいる人すべてが魅了され声を失った。

噂の「幽霊公爵」がこんなにも端整な紳士だとは誰もが思いもしなかったろう。

主催者のオルソン男爵夫人に向かって、アウレリウスは優美に挨拶をする。

「オルソン夫人、今宵《こよい》はお招きに預かり光栄至極です」

イェルダも続けてしなやかに一礼して挨拶した。

「妻のイェルダでございます。お招き感謝いたします」

「よ、ようこそおいでくださいましたわ、公爵様、公爵夫人」

オルソン男爵夫人はアウレリウスとイェルダの気品に気押されたように、たじたじと応対する。

二人は挨拶を終えると、並んでフロアの中に進んだ。通りすがりに、二人は招待客たちにも完璧に挨拶を交わしていく。

やがて、ダンス曲の演奏が始まった。

すると、アウレリウスが涼やかな声で言う。

「皆様に、最新のワルツをご披露しましょう」

彼はそう言うや、イェルダに向かって一礼する。イェルダもスカートの裾を摘んで礼を返した。二人は向かい合わせで手を取り合う。アウレリウスは左手をイェルダの腰にそっと添える。

曲に合わせて、アウレリウスは流れるようなステップを踏み始める。イェルダは彼のリードにぴったりと付いていった。

二人は滑るようにフロアの中を移動する。

人々からほおっという感嘆の声が上がった。

「なんて素晴らしいダンスだ」「まるで一体のように息が合って見事だわ」「さすが、王都からいらした奥方様だけあるわ、洗練されていること」「この後踊るのが恥ずかしいくらいだわ」

エマは忌々しそうに二人のダンスを見つめていたが、急に気分が悪くなったと周りに言い置くと、そそくさとフロアから姿を消してしまった。

オルソン男爵夫人がとりなすように言う。

「さあさあ皆様、どうぞ公爵様の後に続いて、躍ってくださいまし」

その言葉をきっかけに、次々とカップルが踊り出した。

音楽はゆったりと続いている。

ダンスを続けながら、アウレリウスが小声でささやいた。

「どうだ？　誰もがあなたの美しさに目を奪われている。私はこれほど誇らしい気持ちになったのは久しぶりだ」

イェルダも小声で返す。

「いいえ、皆さん、アウレリウス様のご立派なお姿に魅了されているんです」

「『幽霊公爵』の登場に度肝を抜かれているだけだ」

「でも今夜で幽霊ではなくなりましたわ」

「あなたは名実共に、立派な公爵夫人と認められた。これでもう、あなたに嫌がらせをするような者はいなくなるだろう」

「え？　もしかして——こうやって公の場に同伴してくださったのは、私のためなのですか？」

「無論だ。妻が侮辱されるということは、夫たる私への侮辱でもある」

アウレリウスは自分のためだというように答えたが、それでもイェルダは感謝の気持ちでいっぱいだった。

だってこの日のために、アウレリウスは毎晩ダンスの特訓をしてくれたのだ。初めは慣れないステップに、何度もアウレリウスの足を踏んでしまったりしたが、彼は嫌な顔ひとつせず根気よくイェルダに付き合ってくれた。そのおかげで、完璧なワルツを踊れるようになったのだ。

あれほど人前に出ることを拒んでいた彼が、こうして堂々とダンスを披露している姿に感動せずにはいられない。もっともっと、本来の姿に戻ってほしい。

「それでしたら、これからも社交界にお呼ばれした時には、アウレリウス様は同伴なさってくださいね。ハンメルト公爵家の名誉のためです」

「む――努力する」

「ふふっ」

イェルダは笑みを深くして声を弾ませる。

「今夜はとても楽しいです」

「そうか」

「アウレリウス様と結婚して、ほんとうによかった」

「っ――」

わずかにアウレリウスのステップが乱れたような気がした。

「だって、何もかも初めてのことばかり。毎日ワクワクします。こんなにも私の人生は豊かになりました」

頬を染めてアウレリウスを見上げると、彼はひどく真剣な眼差しで見つめてきた。

「イェルダ、私こそ――」

直後、ダンス曲が終了した。

二人は身体を離し、向かい合って一礼する。

期せずして、フロアの客たちから盛んな拍手が湧き起こった。

「素晴らしいダンスでした」「夢のように美しい」「ブラヴォー」「まさに目の保養のお二人」

はにかみながらアウレリウスに手を取られてフロアから引き下がるイェルダの初々しい姿に、人々はさらに拍手を送る。

フロアの隅のソファにイェルダを座らせたアウレリウスは、

「待っていなさい。休憩室でなにか飲み物をもらってこよう」

と言い置いて歩き去った。

イェルダはまだダンスの興奮がさめやらず、胸をときめかせながら他の客たちのダンスを鑑賞していた。ふいに後ろから声がかかった。

「ご令嬢、あなたはとてもお美しい。まるで美の女神のようだ」

声のした方を振り向くと、軍服に身を包んだ口髭《くちひげ》の男がにこりと笑いかけてきた。男はずかずかと歩み寄ってきた。そしてやにわにイェルダの横に腰を下ろした。

「私はガストン子爵と言います。今到着したばかりですが、見たところ、ご令嬢のお美しさは群を抜いておりますぞ」

「ありがとうございます……」

馴《なな》れ馴《な》れしい態度が不快で、イェルダは少し腰をずらしガストンから離れようとした。

ガストンはさらにぺらぺらと喋り出した。

「見るところ、裕福な家庭のご令嬢とお見受けした。どうですか、次のダンスは私と――」

「ガストン兵長、久しぶりだな」

アウレリウスが冷ややかな声で言った。いつの間にか目の前に立っていたのだ。

「あっ？　ハンメルト騎士団長殿⁉」

ガストンがさっと立ち上がり、気を付けの姿勢になった。

どうやら二人は軍隊時代の知り合いだったようだ。

アウレリウスは冷徹な顔で彼を睨む。

「私の妻に馴れ馴れしくするな」

「え、奥様でしたか？　こ、これは失礼――」

ガストンは青ざめ、しどろもどろになる。アウレリウスは声を荒らげた。

「先ほど、休憩室で耳にした。ガストン子爵は社交界の醜聞を手に入れては、恐喝めいた真似《まね》で貴族から金を巻き上げていると――お前はまだそのような恥知らずなことをしているのか？」

その声に、周囲の人々が驚いたようにこちらを見た。何事だろうと、人々が集まってくる。

アウレリウスは威圧感たっぷりにガストンに迫ってきた。

「二度と、社交界に出入りするな。今度見つけたら、即警察に連行する！」

「く――！」

ガストンが顔を真っ赤にし、唇を震わせた。

「恥知らずはお前だろう！　親友に裏切られておめおめと捕虜になったくせに！　お前が大怪我《おおけが》をして隠遁したと聞いて、ざまぁみろと思っていたんだ。この借りは返す、覚えていろ！」

ガストンはやにわに周囲の人々を突き飛ばし、ホールを逃げ出していった。

その後ろ姿をアウレリウスは厳しい目で追っていたが、姿が見えなくなると、表情を取り繕い、集まっていた人々に穏やかに言う。

「お騒がせしました、皆さん。不審者は追い払いましたから、どうぞご安心を」

アウレリウスの言葉に、人々は安心したように散っていく。

二人の会話を聞いていたイェルダは愕然としていた。

「あの、アウレリウス様、先ほどの親友に裏切られたって、どういうことですか？」

アウレリウスは沈痛な面持ちになり、イェルダの手を取った。

「帰ろう」

「あ……」

答える間も無く、イェルダを引きずるようにして歩き出した。

アウレリウスはフロアの戸口あたりに立って接客していたオルソン男爵夫人に、

「失礼、オルソン夫人。妻が気分が悪くなったようなので、今宵はこれにて失礼させていただきます」

「あら、それなら奥様は控えの間で少しお休みになったら――」

「結構です」

アウレリウスは簡潔に答え、イェルダを連れてどんどん玄関口へ歩いて行ってしまう。

オルソン男爵夫人は目を丸くして見送っている。

「ま、待って、アウレリウス様」

イェルダが声をかけても、彼は振り向かずに玄関階段を降り、止めてある専用馬車の御者に命じた。

「帰るぞ」

「は、はい」

御者は慌てて馬車の扉を開いた。

馬車が走り出し、アウレリウスはイェルダの向かい座席に深くもたれた。そして低い声で言う。

「――ガストン子爵は、かつての騎馬兵団時代の私の部下だ」

「そうなのですね」

「あいつは密かに軍の武器庫から武器を、敵側に横流ししていたんだ。私はそれを発見し、やつを除隊にした。それ以来消息は不明だったが、どうやらずっと社交界ゴロのような真似をして、汚い金を稼いでいたようだな」

アウレリウスは不快そうに顔を顰め、そこで言葉を止めた。

イェルダはどう声をかけていいかもわからず、身を小さくして彼の様子を窺った。

先ほどのガストン男爵の言葉が頭の中でぐるぐる反響している。

『親友に裏切られておめおめと捕虜になったくせに！』

その親友とは、以前初めてできた友人だと聞かされた人のことだろうか。戦場で負傷するだけでも辛い出来事なのに、親友に見捨てられ捕虜になって拷問を受けるなんて――あまりにも無惨だ。

アウレリウスが戦争時代の話をほとんどしなかったのは、軽々しく口にできるような経験ではなかったからなのだ。

ゆっくりとアウレリウスが目を開いた。先ほどの険しい表情は失せ、もっと真剣な意思のようなものを感じた。

「イェルダ、私は――」

イェルダはそっと右手を伸ばし、膝の上に置かれたアウレリウスの右手に触れた。

「いいんです。なにもおっしゃらなくても。言いたくないことは、言わなくてもいいんです」

心を込めて言う。

アウレリウスの青い瞳が揺れる。彼は大きく息を吐いた。

「いや――いずれはあなたに話そうと思っていた。だが、このような形であなたにショックを与えたくなかった。もっと早く打ち明けるべきだった。私が不誠実だった」

「いいえ、そんなことないです。私はアウレリウス様のすべてを受け止める覚悟をしています。どんな辛いことも酷いことも、私は目を逸らしたりしません」

「イェルダ――ありがとう」

アウレリウスはひと呼吸置くと、わずかにうつむいて静かに話しだした。

「私は騎士団に入って、同期のフェリクス伯爵と知り合った。明るく気さくでよく笑う人物だった。そう、あなたにどこか似ている。私は彼と親友になり、生涯の友情を誓い合ったんだ。戦場でも互いに励まし合い助け合い、戦ってきた」

イェルダはじっと耳を傾ける。

「だが、ある時二人で敵陣に偵察に出て、数名の敵に遭遇しつい深追いしてしまった。私の馬は敵の矢に当たって足を取られて転び、私は落馬して足をくじいてしまった。そこへ、隠れていた敵兵がいっせいに襲いかかってきたんだ。フェリクスは馬共に無事だった。私は彼に助けを求めた。だが、私の目に飛び込んできたのは――」

その時の記憶に苛まれたのか、アウレリウスは一瞬苦しげに顔を歪めた。

「馬を駆って逃げ去るフェリクスの姿だった。信じられなかった。私は絶望感に頭が真っ白になった。直後、私は敵の捕虜となった。騎士団長の徽章《きしょう》を着けていた私に、敵は味方の情報を吐かせようと、酷い拷問をくわえた。だが私は決して口を割らなかった――」

「――」

イェルダは声も出なかった。なんと凄まじい経験だろう。彼の全身に残る傷跡をみれば、どれほど拷問が辛かったか想像に難くない。

「一年後、我が国の勝利で戦争は終結し、私は長いことあちらで入院し、九死に一生を得て帰国した。その時にはフェリクスはすでに退役し、行方知れずになっていた。私は心身に深い傷を負い、フェリクスを憎悪した。厭世観《えんせいかん》は深く、私は人と関わることを避け、辺境の領地に引き籠もったんだ。もう二度と、誰も信じないと固く決意して。フェリクスのことも忘れようと努めた。だが、毎晩悪夢を見る――フェリクスに見捨てられた夢を――」

そこまで話し終えると、アウレリウスは軽く息を吐いた。

思い出したくない過去を語るのはどれほど苦しいだろう。イェルダは重ねた手に力を込める。

「もう、それ以上なにもおっしゃらなくてもいいんです」

するとアウレリウスはさっと顔を上げた。彼の目は何かに取り憑かれたように燃えていた。

イェルダはその視線を受け止める。

「いや、これだけは言わせてくれ――イェルダ、私は――」

彼の声が少しだけ震えた。

「あなたを愛している」

「っ――⁉」

イェルダは一瞬頭が真っ白になった。

真情を吐露したことで心の箍《たが》が外れたように、アウレリウスはせつない声で繰り返した。

「あなたを愛している。いつの間にか、あなたを心から愛していたんだ、イェルダ。あなたは頑《かたく》なに閉ざしてた私の心の扉を軽やかに開け、清々しい風を吹き込んでくれた。私の魂は、あなたのおかげで蘇《よみがえ》ったんだ」

「アウレリウス様……」

イェルダの胸にくるおしいほどの愛情が迫り上がってくる。涙が込み上げ、喉の奥が張り付いてしまったようになかなか声が出せない。振り絞るように答えた。

「私も、愛しています」

アウレリウスが目を瞠る。信じられないというような表情だ。

イェルダは涙を飲み込み、声を張り上げる。

「ずっとずっと、好きでした。愛しています。ずっとずっと、あなたの妻でいたい……」

「イェルダ――」

やにわに手を強く引かれ、倒れ込むようにアウレリウスの胸に抱き留められる。貪るように唇を奪われた。

「んっ……」

イェルダも夢中で舌を絡める。

「あ……ふ、ぁあ、あ……」

魂まで吸い込まれるような情熱的な口づけに溺れ、身体の芯がとろとろと蕩けてしまう。アウレリウスは思いの丈を込めて深い口づけを繰り返し、イェルダがぐったりするまで離さなかった。やっと唇が解放され、イェルダは涙目でアウレリウスを見上げる。

「……好き、大好き、アウレリウス様……」

「私も大好きだ、愛している」

二人は気持ちを込めて見つめ合い、啄むような口づけを交わした。口づけの合間に甘くささやき合う。

「愛している」

「その倍愛しています」

「いや、私はその数倍愛している」

「いいえ、私の方がもっと愛しています」

「私の方が愛している」

「いいえ私の方です」

言葉遊びのように繰り返しているうちに、どちらからともなくぷっと吹き出してしまう。

「ふふっ」

「ふふ――」

アウレリウスが笑っている。この上なく幸せそうに笑っている。イェルダはどっと涙が溢れた。彼のこの笑顔をどれほど渇望したろう。

「嬉しい。これからは、毎日笑ってください」

「いやでも笑うだろう。あなたを見ているだけで笑みがこぼれるからな」

「うふふ」

「ふふ」

いつまでもこうしていいちゃいちゃしたかったが、馬車は程なく屋敷に到着してしまう。

二人を出迎えに、ミカルたちが玄関階段の下で勢揃いした。

手を取り合って馬車を降りてきた二人の雰囲気が明らかに違うことに、全員が気が付く。

アウレリウスはしっかりとイェルダの手を握り、軽快な声で皆に告げた。

「窓を開けよ。屋敷中の窓を開くのだ」

ミカルたちがハッとする。アウレリウスが晴れ晴れとした表情で言う。

「もはや我が家は『幽霊屋敷』ではない。私は明日から、毎日外へ出よう」

ミカルの目が潤んだ。

「旦那様――」

「長い間、心配をかけたな、ミカル。だがもう私は大丈夫だ。私にはイェルダがいる――愛しい妻が私を支えてくれる」

イェルダが頬を染め嬉しげにアウレリウスを見上げる。アウレリウスがにっこりと微笑んだ。

ミカルは泣き笑いで答えた。

「はい、はい今すぐ。窓を――マリールー、手伝ってくれ」

二人は屋敷の中に駆け込んだ。

ぱたぱたと屋敷の窓が開いていく。

アウレリウスとイェルダは並んでその様を感慨深く見つめていた。

第五章　溺愛と奪還

心を打ち明けあったその日から、アウレリウスのイェルダへの溺愛は止まることを知らなかった。

ある朝など、寝ぼけ眼で食堂に入ってきたイェルダに向かって、

「おはよう、イェルダ。奥さん、こちらにおいで」

と、自分の椅子に座ったまま招き入れた。

イェルダがなんだろうと近寄ると、ひょいと膝の上に乗せ上げられた。

「きゃ……なにをっ……」

「まだ眠そうだ。私が食べさせてやろう」

アウレリウスは焼きたての白パンをちぎって、蜂蜜をたっぷりと塗るとイェルダの口元にあてがった。

「ほら、あーんだ」

イェルダはミカルやマリールーの手前、きまりが悪くて仕方ない。

「い、いえ、一人で食べられますから、下ろして……」

「私がしたいんだ。させておくれ」

悩ましい眼差しでそう懇願されると、イェルダは逆らえない。口を開けて受け入れる。

「もぐもぐ、ん、美味しい」

アウレリウスは固茹で卵にレモンとオリーブオイルをかけ、スプーンで掬って差し出す。

「ほら、あーん」

「もぐ――美味しいわ」

「味付けが絶品だろう」

「この食べ方は、私がお教えしたんですけど」

「ふふ、そうだったな」

「うふ」

二人の食事がいつまでたっても終わらないので、途中からミカルとマリールーはそっと席を外してしまった。

食堂の扉の外で、ミカルはマリールーに言い聞かす。

「当分は、お二人の好きにさせてあげるように。やっとお心が通じ合ったのだからな」

マリールーは心得ているというように大きくうなずいた。

その後、アウレリウスは書斎で執務に、イェルダは屋敷内の仕事に専念する。

午後、ビルたちが庭仕事にやってくると、二人で出迎える。子どもたちも仕事を覚えて手慣れてきたので、イェルダはデニスに監督を頼み、午後のお茶の時間まではアウレリウスと街に繰り出すことが増えた。デニスは、ビルを弟子にして庭師の仕事を教え込みたいとイェルダに申し出ていた。イェルダは快諾し、ビルも喜んでそれを受け入れ、ますます熱心に庭仕事に精を出している。

一緒にぶらぶらとウィンドウショッピングしたり公園や川沿いを散歩したりした。

街の人々は最初、仲良く腕を組んで歩いているハンメルト公爵夫妻の姿に、信じられないものを見るような目をした。

特に、アウレリウスがにこやかに往来で出会う知り合いに挨拶することに、驚きを隠せなかった。人嫌いで有名で「幽霊公爵」と呼ばれていたアウレリウスが、気さくに優雅に人々と挨拶を交わし談笑する様子は、しばらく街の話題であった。しかし、すぐにその魅力的な姿が当たり前のようになり、自然と人々に受け入れられていった。

また、アウレリウスは学校の立ち上げに尽力を注ぎ、着々と計画を進めていった。率先して建築現場に赴き、あれこれと現場の者たちと話し合いをしては問題点を改善していく。

そんなアウレリウスの傍には、常に美しく明朗な妻のイェルダが付き添っていた。

そして、夜は甘く激しく愛し合い、官能の悦びを深めていく。

身も心も熱く愛されて、イェルダはまさに幸せの絶頂にいた。

その日、イェルダは縫い物用の新しい布が欲しいと言ってマリールーを連れて街に出かけていた。お茶の時間までには戻るということだった。

アウレリウスは執務をすべて片付け、居間のソファで寛《くつろ》ぎながらイェルダの帰宅を待っていた。しかし、日が暮れてもイェルダは一向に帰宅しない。胸騒ぎがし、探しに行こうかと立ち上がった。そこへ、血相を変えたミカルが駆け込んできたのだ。

「旦那様、た、大変ですっ、奥様が誘拐されました！」

「なんだと⁉」

アウレリウスは顔色を変えた。ミカルの背後からマリールーがまろびつつ転がり込んできた。髪も服も土だらけだ。

「マリールー、お前は無事なのか？　イェルダはどうした⁉」

アウレリウスの質問に、マリールーは切羽詰まった表情で右手に握っていた一枚の書きつけを差し出した。そして床に頽れて肩を震わせて泣き始める。

『公爵。奥方を返してほしくば、今夜零時に街外れの広場に来い。そこで銃による決闘を申し込む。銃はこちらで用意する。武器は持ってくるな。来なければ奥方の命はない。ガストン子爵』

書きつけを読んだアウレリウスは、全身から怒りが込み上げた。

「ガストンめ、卑怯《ひきょう》な。なにも罪のないイェルダを人質にするなんて――！」

ミカルも憤懣やる方ない様子だ。

「ガストン子爵――昔、軍隊で不正を働いて追放された人物ですね？　あの悪党が、なぜ？」

「先だっての舞踏会の際に、偶然再会したんだ。あいつは相変わらず詐欺まがいな行為を続けていた。私は奴《やつ》を恫喝《どうかつ》して追い出した。正当な行動だが、ガストンは逆恨みしたのだ。よもやイェルダに手出しするとは――」

アウレリウスは口惜しげに唇を噛んだ。そして、キッと顔を上げた。

「ミカル、支度をする。馬車の用意を」

「決闘を受け入れると言うのですか？　万が一旦那様になにかあったら、奥様も私たちもどうなりますか⁉　ここは警察を呼びましょう」

ミカルの言葉に、アウレリウスは首を横に振った。

「警察の姿を見たら、逆上したガストンがイェルダに手をかけるかもしれない。そんなことは絶対にさせない。私が行けば、少なくともイェルダの命は救える可能性が高い」

ミカルは悲壮な決意に満ちたアウレリウスの顔を凝視し、深くうなずく。

「――かしこまりました。誉れ高い騎士だった旦那様の言葉を信じます。必ず、奥様とお二人で無事にお戻りになると誓ってください。ただし、約束のお時間から二時間経ってもお戻りにならない場合は、私の判断で動いてようございますね？」

アウレリウスはミカルを安心させるように、わずかに笑みを浮かべてみせた。

「わかった。必ずイェルダを連れて戻ってくる。約束する」

アウレリウスは自室に戻り、しばらく目を閉じて考えを纏めた。卑劣なガストンのことだ、なにを企《たくら》んでいるかわからない。

しばらくして、アウレリウスはクローゼットを開いた。

吊《つ》り下がっている沢山の服の奥から、古びた軍服を取り出した。騎士団時代に使っていたものだ。袖を通してみると、サイズは少しも変わっていなかった。かつての騎士の矜持を奮い立たせるためにも、この軍服を着て行こうと決意した。


夜半過ぎの街外れの広場はがらんとして、霧が立ち込め月明かりだけで薄暗い。

イェルダは後ろ手を紐で括られて、広場の真ん中にガストンと共に立ち尽くしていた。

買い物を終え、マリールーと共に帰宅しようとした時、いきなり歩道に馬車が乗り上げ道を塞いだ。驚いて立ち竦《すく》むと、中から飛び出してきたガストン子爵に無理やり中へ引き摺り込まれたのだ。

「公爵め、俺を人前で罵倒しやがって。おかげで社交界に出禁を食らっちまった。この恨み、晴らさないでおくものか！　あいつを殺してやる！」

ガストンは目が血走り、顔は憎悪で醜く歪んでいた。

イェルダは恐ろしさに震え上がったが、マリールーががたがた怯えている姿を見て、気持ちを奮い立たせた。

「あなたが恨んでいるのはアウレリウス様なのでしょう？　罪もない侍女だけは、見逃してやってください。妻の私のことは好きにしていいですから」

イェルダの必死の懇願に、ガストンは渋々マリールーに書きつけを持たせて解放してくれた。

イェルダはガストンの人質となり、約束の時間を待ったのだ。ガストンはイェルダの首筋に鋭いナイフを押し当てていた。

「逃げようなどと考えたら、これで頸動脈《けいどうみゃく》を掻っ切るからな」

足ががくがくしてお腹の底から恐怖が込み上げてきたが、イェルダは弱みを見せまいとした。アウレリウス公爵の妻として、最後まで凛《りん》としていたかった。顎を引き、背筋をまっすぐに伸ばす。

ガストンはイライラしながら、時折懐から懐中時計を出しては毒づいた。

「くそ、遅い。公爵め、怖気付いたか」

イェルダはアウレリウスは臆病風を吹かす人でないことはわかっていたが、どうか来ないでくれと胸の中で祈っていた。決闘で万が一アウレリウスが大怪我をしたり、最悪死に至ったりしたら、イェルダは生きていられないだろう。世界で一番愛する人のためなら、自分の身が犠牲になる方がずっといい。

しかし程なく、夜霧の向こうからキビキビした靴音が聞こえてきた。

アウレリウスが落ち着いた態度でこちらに向かってくる。見慣れない軍服を着ていて、いつもよりさらに雄々しく見えた。

「……アウレリウス様……！」

思わず名前を呼ぶと、彼は穏やかにイェルダに向かって微笑んでみせた。

ガストンが嘲笑《あざわら》うように言う。

「来たな、公爵。ずっと引きこもっていたそうだから、腕が錆《さ》びついて、怖気付いたかと思ったぞ。ひとりか？　武器は持っていないな？」

アウレリウスは十歩ほど前で立ち止まり、上着のボタンを外し、上着の内側やベルトやシャツが見えるように両手を挙げ見せた。

「私ひとりだ。剣も銃も持っていない」

「よし。決闘の銃を渡すので、こちらに来い」

「その前に、私の妻を解放してくれ。お前が恨みがあるのは、私だけだろう？　妻だけは見逃してくれ」

「くくっ、奥方も侍女に同じようなことを言ったよ。夫婦ってのは似るもんだな。よかろう、行けっ」

ガストンがいきなり背中を突き飛ばした。イェルダはよろよろとよろけながら、アウレリウ

スの元へ歩み寄った。

「アウレリウス様！」

「よかった。無事だな」

アウレリウスはそっとイェルダの身体を抱きしめると、両手を拘束した紐を解いてくれた。

そして、耳元でささやく。

「なるべく私たちから離れた物陰にいなさい」

イェルダは涙目でいやいやと首を振る。

「お願い、危険な決闘などしないで。あなたになにかあったら……」

「なにも起こるはずない。私はかつては王都一の腕を誇った拳銃使いなのだよ」

アウレリウスが安心させるように微笑んだ。

「おいっ、早くしろっ」

苛立たしげにガストンが怒鳴った。これ以上ぐずぐずしてガストンを怒らせるとなにをするかわからない。背中を軽く押されて促され、涙を堪えて広場の隅の木に寄った。

アウレリウスとガストンが対峙《たいじ》する。

ガストンは腰のベルトから二丁の拳銃を取り出し、一丁をアウレリウスに手渡した。

「それぞれ弾が一発だけ入っている。確認しろ」

アウレリウスは拳銃を受け取り調べ、うなずいた。

「確かに」

「よし、ではここから互いに背中を向けて十歩歩き、振り返りざま、互いに撃つ。どちらが死んでも恨みっこなしだ」

「わかった」

　互いに拳銃を手にし、二人は背中を向けて歩き出す。

　イエルダは心臓が口から飛び出しそうなほど緊張していた。アウレリウスが勝ちますようにと、必死に祈ることしかできない。ガストンは、引きこもっていたアウレリウスが毎日鍛錬を怠らないでいたことは知らない。アウレリウスの腕は少しも衰えてはいないはずだ。だからきっと、アウレリウスがしくじることなどない。

　ガストンが濁声で数を数える。

「一歩、二歩、三歩——八歩、九歩——」

　イエルダは息を詰めて木の陰からアウレリウスを見守る。鼓動のバクバク言う音が、耳の奥で反響する。

「十歩！」

　二人はほぼ同時に振り返る。一瞬早く、アウレリウスが引き金を引いた。

　だが——。

「⁉」

アウレリウスはハッとして何度も引き金を引く。しかし、撃鉄は下りなかった。

その様子を見て、ガストンが高笑いした。

「クハハ、残念だな。その銃は欠陥品だよ」

アウレリウスはキッとガストンを睨んだ。

「卑怯者《ひきょうもの》！　それでも騎士か⁉」

ガストンは銃で狙いを定め、じりじりと近づく。

「フン、俺は騎士団を追い出された身だからな」

イエルダは思わず飛び出そうとした。が、アウレリウスが鋭く叫んだ。

「イェルダ、動くな！」

広場中に響く朗々とした声に、イェルダはぴたと足を止める。アウレリウスはまっすぐガストンを見つめたまま、落ち着いた声で続ける。

「動くんじゃない。私は大丈夫だ」

その声色には恐怖など微塵《みじん》もなかった。イェルダは目を見開いたまま、イェルダを凝視する。

信じろとアウレリウスが言っている。信じるしかない。いや、信じよう。

ガストンが嘲笑う。

「フフ、美しき夫婦愛ってやつか？　冥土の土産に、ひとつだけ教えてやる——フェリクスには戦争が終わったら結婚するつもりの許嫁《いいなずけ》がいたんだよ。それでやつは怖気づいて、一人で戦場から逃走しちまったんだ」

　アウレリウスの片眉がぴくりと上がった。

「許嫁が――？」

「そうさ。だが帰国したフェリクスは、あんたを見捨てた自責の念に耐えきれず、結局許嫁とも別れ、除隊して行方をくらましちまったのさ。奴は数年後、運河に身を投げて死んだそうだぜ」

　なんと悲痛な真実だろう。

　アウレリウスはひどく心打たれたような表情になった。イェルダも同じ気持ちだった。

「そうだったのか――フェリクス」

　ガストンは鼻で笑う。

「あんたもフェリクスも甘い。悪事を働くなら、腹を据えるべきだぜ」

　ガストンはアウレリウスの目前に迫っていた。彼はぴたりとアウレリウスの額に狙いを定め、引き金の指に力を込める。イェルダは生きた心地がしなかった。目を背けたかったが、全身の力を振り絞り見つめ続ける。心の中で必死で祈りを捧げる。

（神様、どうか、どうかあの人をお助け下さい！　私の命に替えて、どうか……！）

　ガストンは卑劣な笑いを浮かべる。

「命乞いをしろよ。そこに土下座して泣いて謝ったら、もしかしたら怪我で済むかもしれねえ」

するとアウレリウスはふいにニヤリとした。

「クズに命乞いなど、しない」

みるみるガストンの顔が怒りで真っ赤になった。

「公爵、死ね！」

ガストンはそのまま引き金を引こうとした。

「やめてえ！」

イェルダは悲鳴を上げた。絶望で目の前が真っ暗になる。

刹那、目にも止まらぬ速さで、アウレリウスがブーツの中から極小の短銃を取り出した。かと思うと、躊躇《ためら》いなくガストンの胸に押し当てて一発撃ったのだ。

ズドン、と鈍い爆発音がした。

「ぐぁっ！」

ガストンの手から拳銃がぼとりと地面に落ちた。彼は目を剥《む》いて仰向けに倒れた。そしてそのまま、ピクリともしなかった。

アウレリウスはじっと倒れているガストンを見下ろして、哀切な口調で言う。

「卑怯者の言うことなど、はなから信用していなかった。お前が銃に細工することなどお見通しだ」

「アウレリウス様！」

イエルダは脱兎《だっと》の如く走り出し、アウレリウスに抱きついた。

「ああ、あああ、ご無事で！　怖かった、怖かったです！」

それまでの緊張や恐怖がごちゃ混ぜになり、彼の広い彼の胸の中で号泣する。

「イエルダ、よく耐えてくれた。私のせいで酷い目に遭わせた。ほんとうにすまない」

アウレリウスはイェルダをぎゅっと抱きしめ、背中を優しく撫でた。

「この短銃は射程距離が短い。相手が接近してこないと当たらない。そのため、ギリギリまで煽《あお》っていたんだ」

「うう……そうだったんですね……ガストン子爵は──こ、殺してしまったの？」

「いや。急所は外した。重傷だが息はある。ミカルに言い置いてあるから、そのうち警察が駆けつけてくるだろう」

アウレリウスは心からほっとしたようなため息を漏らした。

「あなたが無事でよかった。もしあなたにかすり傷一つでもつけたら、私はこいつを即座に殺していたろう」

「──アウレリウス様……」

アウレリウスの男らしい決意に胸が熱くなる。

ふと、足元になにやら小さいものが落ちているのに気がついた。なぜか見覚えがあるような気がする。

身を屈めて拾い上げると、それは、かつて幼いイェルダが『騎士様』に上げた手作りのお守りだったのだ。まだほんのりと花の香りがした。

「っ⁉　――これは――⁉」

アウレリウスはイェルダの手のお守りに目をやり、懐かしげに言う。

「ああそれは、十年前私が出征する際に、パレードで可愛い少女が手渡してくれたお守りだよ。ずっと軍服の内ポケットに入れて、肌身離さず持ち歩いていたんだ。私の命のお守りだ」

「‼」

アウレリウスはイェルダから受け取ったお守りを、大事そうに内ポケットに仕舞《しま》い込《こ》んだ。

イェルダの脈動がドキドキと速くなる。

では、初恋のあの『騎士様』はアウレリウスその人だったのだ。

二人は初めから運命の赤い糸で結ばれていたのだ。愛し合うことは必然だったのだ。

イェルダの全身からアウレリウスへの愛情が迸《ほとばし》り、感動で胸が打ち震えた。

「アウレリウス様、あの、このお守り――」

言いかけた時、向こうからガラガラと車輪の音が近づいてきた。ハンメルト家の馬車だ。馬車は二人の前でぴたりと止まる。

「どうどう――旦那様、奥様、ご無事ですか⁉」

御者台の上からミカルが声をかけた。

アウレリウスはイェルダを包むように抱きしめ、明朗に答えた。

「無論無事だ。ミカル。警察は来るか?」

「はい。事情を話してありますので、もうすぐ駆けつけるかと。ガストン子爵のために、医療班も頼んであります」

「そうか。では、私たちは引き上げよう」

アウレリウスは馬車の扉を開き、優雅に一礼した。

「さあ、奥様どうぞ。いざ我が家へ」

イェルダは泣き笑いになる。今知った運命の喜びは、いつアウレリウスに伝えよう。そう思うだけで、心の中が浮き立つ。

「はい……我が家へ」


屋敷に到着すると、玄関口にマリールー始め屋敷の者たちが我先に迎えに出てきた。

「奥様、ご無事でお戻りでなによりです」

デニスが涙声で言う。マリールーははらはら涙を流している。ブルーノも涙目だ。

イェルダは駆け寄ってマリールーを抱きしめた。

「ごめんなさい、怖い思いをさせたわね。でももう大丈夫、悪い人は旦那様がやっつけてくださったわ」

マリールーは目を真っ赤にして何度もうなずいた。

ブルーノが細い目をさらに細め、イェルダに言う。

「奥様、このような時間ですが、ブルーノに軽食を用意させてあります。急ぎ手を洗いお着替えください」

イェルダは満面の笑みになる。

「ほっとしたらお腹が空いたわ。マリールー支度をして」

マリールーがうなずき、素早く階段を駆け上がっていく。

「ではアウレリウス様、すぐに参りますね」

マリールーの後を追おうとして階段の手すりに手をかけた時、アウレリウスが呼び止めた。

「イェルダ」

顔を振り向けると、アウレリウスがひたむきな表情で見つめてきた。

「——愛している」

イェルダは溢れる感情を抑えきれず、彼の胸に舞い戻りぎゅっと抱きついた。

「私も、愛しているわ」

二人はしっかりと抱き合う。もう二度と離れないというように。

やにわにアウレリウスがイェルダを横抱きにした。

「あ」

そのまま彼は階段を駆け上った。アウレリウスが耳元で艶めいた声でささやいた。

「もう我慢できない」

「っ……」

全身がかあっと熱く痺れた。

アウレリウスの胸に顔を埋め、甘えるように頬を擦り付ける。

「私も……」

階段の下で、ミカルが朗らかに声をかけてきた。

「お食事は少し遅れると、ブルーノに伝えておきます」

アウレリウスは自分の部屋にイェルダを連れ込んだ。

これまで、一度も足を踏み入れることを許さなかったのに。

奥の寝室まで、彼はまっすぐに突き進んだ。

アウレリウスはイェルダを抱いたまま、ベッドに倒れ込んだ。

そして噛み付くような口づけを仕掛けながら、性急にイェルダのドレスの背中を開き、スカートを外す。

「んっ、んんっ……」

舌を強く吸い上げられ、イェルダはたちまち官能の刺激が全身を駆け巡るのを感じた。

あっという間に絹のシュミーズ一枚にされ、さらに深く口腔を貪りながら、アウレリウスの手が髪のリボンを解き結い上げた髪のピンを次々と抜いていく。その指先の動きにすら、背中がざわめく。

すっかり髪が解けると、アウレリウスは唇を解放し、首筋に顔を埋めて耳朶の後ろに舌を這わせてくる。ぬるりと感じやすい耳裏を舐められると、それだけでびくびくと肩が震える。

「あん、やっ……ぁ」

「ここが感じやすいんだよね、可愛い」

アウレリウスが柔らかな耳朶を甘噛みし、耳殻に沿って舌を這わせ、耳穴の奥まで舐めてくる。くちゅくちゅという水音が直に響いてきて、淫らな気持ちが昂っていく。

「んぅっ、あ、あん……」

耳周りや首筋に舌を押し付けながら、アウレリウスがシュミーズの肩紐《かたひも》を下ろしまろやかな乳房を剥き出しにした。

アウレリウスが乳房の狭間に顔を埋めて、肌を吸う。彼の柔らかな金髪が肌を擽る感触にすら、甘く感じ入ってしまう。

アウレリウスが乳首を含んで濡れた口の中で転がすと、鋭い官能の刺激であっという間に媚肉が潤ってしまう。つーんと子宮の奥が甘く痺れ、内壁がきゅんきゅんわなないた。

少し強めに乳嘴を吸い上げられると、強い快美感に腰がびくびく跳ねた。

「やぁっ、強く吸っちゃ……あ、ぁ、あんん」

「乳首だけで達ってしまう？」

アウレリウスが乳房から顔を上げ、少し意地悪い声で言う。

「だって……そんなにしたら……」

恨めしげに睨むが、アウレリウスは平然とした表情で、右手を秘所に下ろしてきた。花弁を探られると、ぬるりと滑る感触に腰が浮く。

「あんっ」

「もうすっかり濡れている」

アウレリウスは身体をずらし、両手でイェルダの膝裏を持ち上げ陰部を露わにさせた。彼は股間に顔を潜り込ませる。

「あ、あ、やっ……」

「花びらがすっかり開いて、とろとろになっているね。いやらしい蜜の香りがぷんぷんするよ」

「やぁ、見ないで……」

恥ずかしくてたまらないのに、視線を感じるだけでぽってり膨らんだ陰唇がじんじん甘く痺れる。

「美味しそうだ」

アウレリウスは迷わず秘所に顔を埋めてきた。ちゅっと秘玉に口づけし、舌先で花芽を転がしてきた。強い愉悦がそこから背骨を駆け抜け、腰が大きく跳ねた。

「あっ、あぁぁ、ああんんっ」

アウレリウスは陰核を口に含んだまま、舌でぬめぬめと舐め転がした。舌先の巧みな振動が、たまらなく心地良く、イェルダは背中を仰け反らせて喘いだ。

「あ、あ、やあ、だめ、そんなにしちゃ……あ、も、も、う……っ」

短い絶頂にあっという間に追い上げられた。

びくびくと全身を波打たせていると、アウレリウスは花弁に溢れた甘露を舐め取り、味わう。

「やぁ、また……っ、ぃやぁっ」

感極まって、赤ん坊のように啜り泣いてしまう。

アウレリウスがひくひく肩を震わせているイェルダを見上げ、薄く笑う。

「なぜ泣くの?」

「だって、だって、私ばっかり……」

「では――」

アウレリウスは身を起こすと、体勢を入れ替え、イェルダの顔を跨《また》ぐような格好になった。

そして手早く衣服を脱ぎ、陰部を剥き出しにした。彼の欲望はすでにがちがちに漲っていた。

目の前にそそり勃つ剛直の形状と雄の匂いに、イェルダの媚肉がざわざわする。

「私のも、舐めておくれ」

「ぁ……」

アウレリウスが再び口腔愛撫を開始する。

「んんっ……」

イェルダは両手で彼の剛直を包み込み、根元にちろりと舌を這わせた。

「っ──」

アウレリウスの息が乱れる。

彼も感じているのだ。そう思うと恥ずかしい行為も迷わず受け入れられる。

太い血管の浮いた肉胴に舌の腹を押し付け、先端の括れまで舐め上げ、舐め下ろす。手の中で、屹立がびくびくと震えた。

口を大きく開き、アウレリウスの欲望を咥え込んだ。

「ふ、はぁう……ふう」

極太の肉竿はイェルダの慎ましい口では、全部呑み込むことはなかなか困難だ。亀頭の括れに舌を這わせ、鈴口の割れ目も舌で擽ると、アウレリウスの腰がぴくりと浮いた。先端からかすかに塩味のある先走り液が吹き零れ、それも啜り上げる。

そして、徐々に喉奥に肉茎を呑み込んでいく。口いっぱいに肉棒を頬張ると、鼻から抜ける濃厚な雄の香りに頭がクラクラした。

脈打つ肉胴に舌を這わせながら、唇を窄めてきゅっきゅっと扱いた。

「んっ、んんぅ……ふぁ」

「ああいいぞ――イェルダ」

アウレリウスが感嘆の声を漏らす。そして、お返しとばかりにぱんぱんに膨れた秘玉をちゅうっと吸い上げる。

「ひぁ――は、ふぁ、ああ」

腰が溶けてしまいそうな愉悦が駆け巡り、腰が大きく跳ねた。思わず舌の動きが止まりそうになり、必死で裏筋を舐め回しては、喉奥で剛直を締め上げる。

「いい、上手だ」

アウレリウスが心地よさげに呻き、蜜口に溜まった愛蜜を啜りながら舌先で鋭敏な肉芽を抉ってくる。

「ふ、はぁ、は、ふぁあ」

唾液と先走り液で口の周りが淫らに濡れた。

そして、媚肉の奥がどうしようもなく飢えて疼いてしまう。

この熱い昂りを胎内に受け入れたくて。奥まで突き上げて欲しくて。

イェルダは唾液でぬらつく肉杭《くい》を吐き出すと、両手でにちゅにちゅと扱きながら艶やかな声で訴える。

「アウレリウス様……も、もう……っ」

縋《すが》るような声で訴えると、アウレリウスが心得たように応えた。

「もう、欲しいか?」

全身が熱く昂り、もう我慢できない。淫欲に素直に従う。

「あ、あぁ、欲しい、です……」

艶めかしい声で告げると、アウレリウスが身体を起こしこちら向きになった。

彼の白皙の顔もとろりと官能に蕩け、ゾクゾクするほど美しい。

「私も、もう欲しい」

彼はそう言うや、イェルダの両足を抱え腰を沈めた。アウレリウスの滾る肉竿が濡れそぼった花弁に押して当てられた。

どぷりと、脈打つ屹立が濡れ襞を掻き分けて押し入ってきた。

「はぁあっ、あ、あぁあ」

瞬時に軽い絶頂に達してしまう。

傘の開いた先端が子宮口まで勢いよく突き上げられると、再び絶頂に飛んだ。

「あ、あぁ、あ、すごい、あぁあっ」

瞼の裏に快楽の火花が飛び散り、ちかちかと視界が霞んだ。

「もう達してしまったか」

アウレリウスはさらにイェルダの足を大きく開かせ、ぐちゅぐちゅと猥雑《わいざつ》な音を立てて揺さぶってきた。

「ひぅっ、は、ひぁ、あぁぁう」

歓喜にヒクつく膣襞が、激しく抽挿を繰り返す肉棒に絡みつき締め上げる。

アウレリウスはいつもよりも性急な動きで、イェルダを追い詰めていく。

膨れ上がった亀頭がうねる熟れ襞をぐりぐりと擦り付け、奥の気持ちのいい箇所を的確に突き上げる。

「はぁっ、あ、あ、あぁ、そこだめ、あ、だめぇ……っ」

イェルダは柔らかな乳房を波打たせ、甲高い嬌声を上げながら、無意識に誘うように腰を揺らす。

「く――よく締まる――」

アウレリウスが酩酊したような声を乱し、息を荒がせた。

「これはどう?」

彼は剛直を深く挿入したまま、イェルダの膣全体を揺さぶるように小刻みに動かした。

「あっ、あ、それ、だめ、あ、当たって――っ、だめ、だめぇ」

どうしようもなく乱れてしまう箇所を集中して攻められ、イェルダはいやいやと首を振る。

「だめではない、もっと、だろう?」

アウレリウスは容赦無く腰を穿った。

「あぁ、あ、そこ、当たるぅ、当たるのぉ……っ」

歓喜した濡れ襞がアウレリウスの灼熱の肉塊をぎゅうぎゅうと締め付け、自らも快楽を生み出し、さらにイェルダを追い詰める。なにかが決壊する予兆がする。

「ああいやいや、もう、だめ、漏れて……出ちゃう……っ」

全身の毛穴が開きそうな喜悦に、胎内が緩んでしまう。

「出していい、イェルダ、私も、もう――」

アウレリウスがくるおしげに呻き。最奥を捏《こ》ね回《まわ》すようにして激しく腰を使う。

「やああっ、あ、あ、出ちゃ……っ」

目の前が媚悦で真っ白に染まった。全身が快楽を貪るだけの器官に成り代わってしまったようだ。隘路の奥から、じゅわっと大量の愛潮が噴き出した。

「あ、あぁ、あ、も、もう……っ、あ、いやぁあぁ、あ、ぁあああぁっ」

イェルダはがくがくと腰を痙攣させ、四肢を硬直させた。

「――っ」

同時にアウレリウスが低く唸《うな》り、熱い大量の飛沫《しぶき》をイェルダの奥底に吐き出した。

「んぅ……は、はぁ、は……ぁ」

びくびくと内壁が蠢動し、白濁の欲望液を受け止める。直後、筋肉の強張りが解けて身体が弛緩《しかん》する。

「は――あ――」

すべてを出し尽くしたアウレリウスが、くたりとイェルダの上に倒れ込んできた。

「……は、はぁ、は……ぁあ……」

熱い充足感に満たされ、イェルダは力の抜けた両手をアウレリウスの背中に回し、抱き寄せた。

すべてを与え奪い尽くしたこの瞬間が幸せでたまらない。

アウレリウスが愛しくてたまらない。

「イェルダ――愛している」

耳元でアウレリウスが甘くささやく。

「私も、愛しています」

心を込めて答える。

アウレリウスが汗ばんだ頬にやんわりと口づけしてくれる。

「うふ」

イェルダはお返しに、彼の左頬の傷跡に優しく口づけした。この傷すら愛しい。過酷な戦場から、よくぞ生きて戻ってくれたと思う。

この人に出会うために生まれてきたのだと強く思った。

見つめ合い、笑みを交わし、啄むような口づけを繰り返す。

官能の余韻が醒《さ》めてくると、アウレリウスはゆっくりとベッドから下り、書斎に入って行った。そして、再び戻ってくる。手には小さな肖像画を持っていた。ベッドに腰を下ろした彼は、それをイェルダに手渡した。

「ごらん。私とフェリクスだ」

「この人が——フェリクス伯爵……」

若い二人の騎士は、仲良く肩を組んで笑っている。この上なく幸せそうに。

アウレリウスはしみじみと言った。

「きっとフェリクスは、戦争から帰還したら、私に許嫁を紹介するつもりでいたに違いない。私も心からフェリクスを祝福したろう。だが、それが叶《かな》わず終わってしまった」

イェルダの胸にもひたひたと悲しみが押し寄せる。

「戦争は誰も幸福にしません。もう二度と、こんな悲劇が起きないように願うわ」

アウレリウスが深くうなずいた。

「その通りだ。今なら、フェリクスの気持ちも少しは理解できるんだ。私にも、この世で守りたいただ一人の女性ができたからね」

彼はイェルダの肩を抱き、優しく抱き寄せた。

「あなたを守るためなら、私はなんでもする」

「アウレリウス様……」

「だから、私はもう、フェリクスを恨む気持ちは少しもないんだ」

「では——悪い夢を見ることもないのですね」

「ああその通りだ」

「よかった……」

　幸せすぎて涙が出そうだ。

　と、イェルダのお腹が可愛らしくきゅるると鳴ってしまう。

「あっ」

　恥ずかしさに顔が真っ赤になった。

「く、ふふふっ」

　アウレリウスが声を立てて笑う。こんなにも楽しげに笑う彼の顔を見られるのなら、お腹が鳴るくらいは我慢しよう。

「そろそろ身支度して食事に行こう。ブルーノのせっかくの心づくしが冷めてしまうからね」

「はいっ」

「ふふ、食事と聞くと急に元気になるな」

　アウレリウスの笑いは止まらないようだ。

　イェルダも嬉しくてくすくすと笑い返した。

最終章

数ヶ月後。

アウレリウスとイェルダは、王城を訪れ国王陛下と謁見していた。

階の上に国王陛下が座し、アウレリウスとイェルダは並んでその前に跪いていた。イェルダの指には、アウレリウスから贈られた真珠の指輪が嵌《は》まっている。アウレリウスの着ているオリーブグリーン色の礼装は、イェルダの手縫いである。

「やっと再会できたな、アウレリウス。とても元気そうで安心したぞ」

国王陛下は満面の笑みで言う。

アウレリウスはうやうやしく答えた。

「陛下、長いことご心配をおかけし、誠に申し訳ありませんでした」

国王陛下は穏やかに微笑んだ。

「もうよい。今が良ければすべてよし。奥方は、幸せであるか？」

国王陛下に声をかけられ、イェルダは頬を染めた。

「はい、とても幸せです」

国王陛下はニッコリする。

「それはよかった。ではこの結婚は大成功というわけだ」

国王陛下の言葉に、アウレリウスは真摯な面持ちで答えた。

「陛下には心から感謝いたします。私は愛する妻イェルダを得て、人生が新しく開けたのです。それをお与えになったのは、陛下です」

「それは違う。奥方がとても心根が優しい素晴らしい女人だったからだろう」

イェルダは頬を染めた。

国王は改まった表情になった。

「ところでアウレリウス。これを機会にそなた、王城に上がらないか？　そなたなら、近衛兵《このえへい》隊長にも、もっと上の地位にも就けるだろう」

「ありがたいお言葉です、陛下」

アウレリウスは頭を下げる。

「しかし、私はルゥエンの土地を愛しています。国境の警備にもさらに力を入れたいし、恵まれない子どもたちのための学校ももうすぐ完成します。砂漠を緑地化する計画も進めています。国のためにも、地方の活性化は重要なことです。私は妻と共に、あの地で生きていく決意をしております」

アウレリウスのきっぱりした言葉に、国王は感に堪えないといった顔になった。

「そうか。わかった。そなたは立派な領主になったのだな」

アウレリウスは顔を上げ、にこやかに言った。

「はい。それのこれも、愛する妻の支えあってのことです」

「うむうむ」

国王陛下は満足げに何度もうなずいた。

イェルダは恥じらいながらも、嬉しげに隣のアウレリウスを見つめた。


王城を下がると、アウレリウスとイェルダは王都の大通りをそぞろ歩いた。

この後は、ヨハンセンの屋敷に行き、イェルダの家族と交流する予定だ。母もヴィクトルも、二人に会えることをとても楽しみにしているという。

数日ヨハンセンの屋敷に滞在し、フェリクス伯爵が葬られている共同墓地に墓参りに行くことも決めてあった。

「イェルダ、考えていたことがあるのだが」

アウレリウスが何気なく切り出す。

「なんでしょう？」

「きちんと結婚式を挙げよう」

「え？」

「あなたにはなにも夫らしいことをしてあげていない。せめて、素晴らしい結婚式を挙げてやりたいんだ」

イェルダは曇りのない喜びに胸がいっぱいになる。アウレリウスからは、すでにたくさんの幸せをもらっている。夫らしいことをしていないなど謙遜だ。でも、結婚式はやっぱり心が躍る。

「すごく、嬉しいです」

アウレリウスが顔を綻ばせた。

「そうか、よかった。では、あなたのご家族も招き、ルゥエン一盛大な結婚式を企画しよう」

「楽しみだわ」

二人は愛情を込めて微笑み合う。

ふと、アウレリウスが足を止めた。

「そうだ——この通り」

彼は大通りを懐かしそうに見遣った。

「十年前、出兵式のパレードに参加し、ここをフェリクスと並んで行進したんだよ」

「ああ、そうだったわ！　アウレリウス様にお伝えする衝撃の事実があるんですよ！」

アウレリウスがわずかに片眉を上げた。

た。

「なんだい？　あまり驚かさないでくれよ」

「ふふ、耳を貸してください」

イェルダは背伸びして、アウレリウスにお守りのこと、初恋の『騎士様』のことを耳打ちした。

「そうだったのか――あの時の美しい少女は、あなただったのか――」

アウレリウスは驚きに目を丸くし、それから心から嬉しそうにイェルダを抱きしめてきた。

「愛しているよ、私のイェルダ。私の運命のひと」

「愛しています、私のアウレリウス様。私の運命の方」

アウレリウスが身を屈め、イェルダの額にそっと口づけした。

イェルダは目を閉じ、永遠の愛を手に入れた幸せに酔うのだった。

あとがき

皆様こんにちは！　すずね凜です。

「人嫌い公爵の溺愛花嫁　没落令嬢の幸せな結婚」はいかがでしたか？

明るく前向きなヒロインが、心に深い傷を負ったヒーローと次第に心通わせていく、じれじれで甘々なお話を楽しんでいただけたら幸いです。実は今回、筆が乗ってしまってかなり枚数オーバーしてしまい、泣く泣くカットしたシーンも多いのです。脇役で丸々削除された人物もいて、まさに「幽霊」になってしまいました（笑）私の心の中で供養いたしました。

こんなわけで、今回も編集さんには大変ご迷惑をおかけしました。申し訳ありません。

そして、華麗で魅力的なイラストを描いてくださった氷堂先生、ほんとうにありがとうございます。

最後に、このお話を読んでくださった皆様に、心よりの御礼申し上げます。

また別のロマンスでお会いできる日を楽しみしております！

すずね凜

Mitsuneko Label

蜜猫文庫をお買い上げいただきありがとうございます。
この作品を読んでのご意見・ご感想をお聞かせください。
あて先は下記の通りです。

〒102-0075 東京都千代田区三番町 8 番地 1 三番町東急ビル 6F
(株)竹書房　蜜猫文庫編集部
すずね凜先生 / 氷堂れん先生

人嫌い公爵の溺愛花嫁
没落令嬢の幸せな結婚

2024 年 7 月 1 日　初版第 1 刷発行

著　者　すずね凜　
発行所　株式会社竹書房
〒102-0075
東京都千代田区三番町 8 番地 1 三番町東急ビル 6F
email : info@takeshobo.co.jp
https://www.takeshobo.co.jp
デザイン　antenna
印刷所　中央精版印刷株式会社